INVENTAIRE
26,944

I0561497

LES RAVAGEURS

OUVRAGES DU MÊME AUTEUR

EN VENTE DE LA MÊME COLLECTION

CHIMIE AGRICOLE, ouvrage autorisé par S. Exc. le Ministre de l'Instruction publique et recommandé par Mgr. l'Archevêque d'Avignon. Nouv. édition. 1 vol. in-12. Cartonné 1 20

LA TERRE, ou Physique du globe. 1 vol. in-18 jésus, avec fig. intercalées dans le texte. Cartonné. . . . . 2 »

LE CIEL, ou notions élémentaires de Cosmographie. Nouv. édition. 1 vol. in-18 jésus, avec figures intercalées dans le texte. Cartonné . . 2 »

PHYSIQUE, 1 vol. in-18 jésus, avec figures intercalées dans le texte. Cartonné . . . . 2 »

POUR PARAITRE PROCHAINEMENT

LES AUXILIAIRES, récits de l'oncle Paul sur les animaux utiles à l'agriculture. 1 vol. in-18 jésus. Cartonné.

LES SERVITEURS, récits de l'oncle Paul sur les animaux domestiques. 1 vol. in-18 jésus. Cartonné.

ARITHMÉTIQUE AGRICOLE, à l'usage des écoles primaires, 1 vol. in-12. Cartonné 1 25

NOUVELLE ARITHMÉTIQUE théorique et pratique. 1 vol. in-12, Cart. . 1 50

LE LIVRE D'HISTOIRES, lectures courantes pour les enfants. 1 vol. in-12 avec figures. Cartonné 1 50

ENSEIGNEMENT SECONDAIRE SPÉCIAL

PREMIÈRE ANNÉE

NOTIONS PRÉLIMINAIRES DE PHYSIQUE. Nouv. édit. 1 vol. in-12 avec figures. Cartonné 3 50

NOTIONS PRÉLIMINAIRES DE CHIMIE, par M. MALAGATI, recteur de l'Académie de Rennes, et M. H. FABRE. Nouv. édit. 1 vol. in-12, avec figures. Cartonné 1 50

DEUXIÈME ANNÉE

PHYSIQUE. — Propriétés générales des corps, pesanteur, chaleur, électricité. 1 vol. in-12 avec figures. Cartonné . . . 4 »

CHIMIE. — Les métalloïdes et les métaux alcalins, par MM. MALAGATI et FABRE. 1 vol. in-12 avec figures. Cartonné 3 50

TROISIÈME ANNÉE

PHYSIQUE. — Complément des notions de chaleur et d'électricité, acoustique, lumière. 1 vol in-12 avec figures. Cart. . . 3 50

Sels, métaux, notions de chimie organique, par MM. MALAGATI et H. FABRE, 1 vol in-12 avec figures. Cartonné . . . . . 5 »

On vend séparément

Première partie : **Sels et Métaux.** 1 vol. avec figures. Cart. . 3 50

Deuxième partie : **Notions de chimie organique.** 1 vol. avec figures. Cartonné . . . . 2 »

QUATRIÈME ANNÉE

PHYSIQUE. — Révisions et développements des parties les plus importantes. (*Sous presse*).

Chimie appliquée aux industries locales, par MM. MALAGATI et FABRE. (*Sous presse*).

286. — Abbeville, Briez, C. Paillart et Retaux, imprimeurs.

DÉPOT LÉGAL
Somme
A.° 270
1869

LA

SCIENCE ÉLÉMENTAIRE

LECTURES COURANTES POUR TOUTES LES ÉCOLES

PAR

J. HENRI FABRE

Ancien élève de l'École normale primaire de Vaucluse,
Docteur ès sciences, professeur de sciences physiques et naturelles
au Lycée et aux Écoles municipales d'Avignon,
Correspondant du ministère de l'Instruction publique, lauréat de l'Institut
et de la Sorbonne, Officier de l'Instruction publique,
Chevalier de la Légion d'honneur.

LES RAVAGEURS

RÉCITS DE L'ONCLE PAUL

SUR

LES INSECTES NUISIBLES A L'AGRICULTURE

PARIS

CH. DELAGRAVE ET Cⁱᵉ, LIBRAIRES-ÉDITEURS

58, RUE DES ÉCOLES, 58

1870

Tout exemplaire de cet ouvrage non revêtu de notre griffe sera réputé contrefait.

Charles Delagrave et C⁻ⁱᵉ

LES
RAVAGEURS

I. — Le Lilas cassé.

Pendant la nuit, il s'était levé un grand vent qui sifflait dans les trous des serrures et grondait dans le canal de la cheminée ; quelques volets non retenus par leurs agrafes battaient contre le mur. Jules s'éveilla. Il dormait cependant du calme sommeil du jeune âge, mais un fâcheux pressentiment vint peut-être en rêve lui traverser l'esprit. Jules écouta ; il entendit dans le jardin de l'oncle un bruit de feuillage froissé et de branches entrecho-quées. « Ah ! mes pois de senteur, se disait-il à lui-même, mes pauvres pois de senteur, en quel état vous trouve-rai-je demain ! La ramée qui les soutient sera couchée à terre. Et mes belles capucines qui commençaient à fleurir, et mes touffes de réséda, et mes giroflées toutes jaunes de fleurs ! Ah ! mon pauvre petit jardin ! » Il lui fut impos-sible de se rendormir. Plus jeune que lui de quelques années, Émile n'entendit rien de ce qui se passait dehors. Laissons-le dormir jusqu'à ce qu'un rayon de soleil vienne caresser ses joues roses, et disons un mot des gens de la maison.

L'oncle Paul est bien dans le village celui de tous qui sait le mieux conduire un jardin. Quand le temps des cerises est venu, on s'arrête émerveillé devant sa rangée de cerisiers, dont les branches luisantes fléchissent sous la charge des fruits. Puis il y a des poires plus grosses que les deux poings, dont la chair sucrée se fond dans la

1

bouche ; des pommes parfumées, colorées de rouge sur
une moitié, de jaune sur l'autre ; des prunes enfarinées
d'une fine poussière bleue et qui pour la douceur valent
presque le miel ; des raisins blancs dont les grains à peau
fine laissent voir le jour à travers ; des fraises qui vous em-
baument, des pêches exquises et même des noisettes, si savoureuses quand elles son fraîches. Que de belles et bonnes
choses il y a dans le jardin de l'oncle Paul ! Il est vrai,
personne ne le conteste, que, de tout le village, c'est lui
qui sait le mieux conduire un arbre à fruit. Il greffe, il

Fig. 1. — Les poires du jardin de l'oncle Paul.

taille mieux que pas un ; il connaît à fond ce qui peut
nuire aux arbres et ne manque jamais d'y porter remède
de tout son pouvoir. Aussi son jardin est-il cité comme
modèle à deux lieues à la ronde. Il conduit avec le même
succès ses blés, ses orges, ses luzernes, ses vignes, ses
pommes de terre, car il est très-entendu sur tout ce qui a
rapport aux travaux des champs. Souvent on vient le
consulter sur les choses de l'agriculture, parfois d'assez
loin, et c'est toujours avec une parfaite bonté qu'il met
son savoir au service des autres. En reconnaissance et

pour l'honorer, les gens du village lui disent maître Paul.
Ce savoir, il le doit beaucoup à l'expérience, et beaucoup
aux livres, qu'il a de tout temps aimés.

Ses deux neveux sont avec lui, Jules et Émile. Jules,
l'aîné, lit couramment; il écrit même sa page en fin, non
sans se barbouiller les doigts d'encre et quelquefois aussi
la figure; tout cela par trop de précipitation car il sait
que, la page faite, il lui sera permis d'aller au jardin
arroser le semis d'œillets. Pour prendre patience en disant
la leçon, Émile caresse sa toupie dans la poche, sa belle
toupie qui ne le quitte guère. Mon Dieu! qu'il est pénible
d'écrire sa page, de dire sa leçon quand on a une toupie
qui ronfle, un semis d'œillets qui lève! Mais aussi quel
affreux malheur pour nous si, devenus grands, nous ne
savions écrire ni lire.

Dans le jardin de l'oncle, Émile et Jules ont chacun leur
petit carré, qu'ils cultivent comme bon leur semble. Jar-
diner est pour eux le plus grand des plaisirs. Quand ils
manient la bêche, un peu lourde pour leurs jeunes bras,
ils s'échauffent et deviennent rouges comme des pivoines,
tant ils mettent de l'entrain au travail. Puis, c'est le tour
du rateau; puis, le tour de l'arrosoir; puis, on dépote,
on transplante, on émonde, on fait des boutures qu'on
abrite sous un verre fêlé en guise de cloche, des semis
qu'on n'a pas toujours la patience de laisser venir à bien.
Depuis avant-hier, Émile a semé six haricots. Il les a dé-
terrés déjà trois fois pour voir si les racines poussent. Ce
n'est pas Jules qui aurait commis cette étourderie, il sait
trop bien que les graines doivent être laissées en paix
dans la terre si l'on veut qu'elles germent.

L'oncle voit de bon œil ces délassements agricoles, les
encourage même par le don de quelques fleurs, de quelques
arbustes, persuadé qu'il est que ces jeux enfantins tour-
neront avec l'âge en occupations sérieuses. Or, parmi les
arbustes donnés à Jules, il faut compter avant tout un
magnifique lilas, dont les grappes s'épanouissaient depuis
quelques jours. Hier l'arbuste embaumait l'air de ses
parfums, les abeilles et les papillons lui faisaient fête;

ce matin il gît tout de son long à terre, le feuillage flétri, les grappes de fleurs fanées. Les pressentiments du pauvre enfant ne se sont que trop réalisés. Le petit jardin a été bouleversé par le vent, la ramée des pois de senteur est dispersée, et pour comble de malheur le lilas est cassé. On pleurerait pour moins. Jules accourut vers l'oncle les yeux gonflés de pleurs ; Émile le suivait, prenant part à sa peine.

II. — La chenille.

Le dégât fut raconté à l'oncle, qui, pour les consoler, leur promit un autre lilas tout aussi beau que le premier. Puis, réfléchissant un instant :

Ce n'est pas possible, fit-il, le vent n'a pas été assez fort pour casser un arbuste de cette grosseur ; quelque ravageur a commencé le mal, que le vent de cette nuit a achevé.

JULES. — Un ravageur, un ravageur ?...... Mais il n'y a pas dans le village de méchant qui prenne plaisir à faire de la peine aux autres en venant de nuit saccager leur jardin.

PAUL. — Je le sais, mon enfant ; aucun ici ne se permettrait une aussi laide action. Le ravageur dont je parle doit être un ver, une chenille. Allons voir le lilas.

L'oncle avait rencontré juste. La tige de l'arbrisseau était percée d'un trou rempli de bois mâché ; et de ce trou partait un conduit tortueux qui paraissait remonter bien haut, presque jusqu'aux branches. Sur tout le trajet de ce long canal, allant tantôt un peu d'ici, tantôt un peu de là, le bois était réduit en une sorte de sciure brune, de sorte que la tige ne tenait guère que par l'écorce.

JULES. — Cela ne m'étonne plus si le vent a cassé mon beau lilas ; voyez, la tige est toute creuse.

PAUL. — Aussi l'arbuste n'aurait pas tardé à périr, même sans l'accident de cette nuit. A peine aurait-il eu le temps d'épanouir ses fleurs. Le coup de vent n'a fait qu'accélérer sa perte.

ÉMILE. — Je vois bien le ravage, mais où est le ravageur ?

PAUL. — Il est dans sa cachette, tout au fond du conduit.

Et prenant sa grosse serpette, l'oncle Paul fendit la tige en deux. Un gros ver apparut à l'extrémité du canal bourré de grossiers tampons de sciure. Voilà le coupable, fit l'oncle, et il secoua la tige. Le ver tomba à terre.

ÉMILE. — Fi ! l'affreuse bête, qui tue les lilas.

Émile levait déjà le pied pour écraser la chenille quand l'oncle l'arrêta.

PAUL. — Attendez, mon petit ami. Je vous ai promis un autre lilas. Si vous désirez le conserver longtemps, ne convient-il pas de connaître la chenille qui pourrait un jour où l'autre le faire périr comme le premier ; ne convient-il pas de savoir l'histoire du détestable ver pour lui faire avantageusement la guerre et débarrasser le jardin de cette engeance ?

Chacun fut de l'avis judicieux de l'oncle. Au lieu d'écraser niaisement la bête, il valait bien mieux l'examiner d'abord pour savoir comment elle est faite, comment elle vit, et comment elle s'introduit dans le bois. On pourrait ainsi plus tard prévenir ou arrêter ses dégâts. Un ennemi dont on connaît les moyens d'action est à demi vaincu. Paul prit donc la chenille et la mit dans le creux de sa main. Les enfants paraissaient étonnés du sans façon avec lequel l'oncle maniait l'affreuse chenille.

JULES. — Elle vous mordra, mon oncle.

ÉMILE. — Sans compter qu'elle vous jettera du venin.

PAUL. — Vous venez l'un et l'autre de dire une sottise. Mettez-vous bien dans l'esprit qu'aucune chenille, ce qui s'appelle aucune, n'a du venin. On peut les manier toutes sans le moindre inconvénient. J'en excepte quelques-unes hérissées de poils piquants, et encore tout ce qui peut arriver de pire c'est une démangeaison produite par les poils aigus. Quant à me mordre, la pauvre bête est bien loin d'y songer. D'ailleurs que pourrait-elle me faire ? Me pincer un peu la peau comme le feraient, du bout des ongles, les petits doigts d'Émile. La belle affaire !

Jules. — Cependant on dit que les chenilles font venir du mal quand on les touche.

Paul. — On le dit, il est vrai, mais sans raison aucune. Les neveux de l'oncle Paul ne doivent pas avoir de ces ridicules appréhensions et redouter une chenille inoffensive.

Rassurés par les paroles de l'oncle, Émile et Jules passèrent et repassèrent le doigt sur le dos de la bête. En outre, l'histoire affirme en toute sincérité qu'ils ont depuis manié bien des chenilles pour les examiner de près et qu'au grand jamais le moindre désagrément n'est résulté de ce contact.

Paul. — Maintenant que vous voilà rassurés, prenons le signalement de la bête. La chenille est de la grosseur d'une forte plume. Sa couleur est d'un jaune pâle, excepté sur la tête et les pattes, qui sont d'un noir luisant. Au premier coup d'œil, on la reconnaît aux petites

Fig. 2. — La chenille du lilas de Jules. Son papillon s'appelle zeuzère du marronnier.

verrues noires hérissées chacune d'un poil et régulièrement disposées sur toute la surface du dos.

Jules. — Ce signalement n'est pas difficile, je le retiendrai, et si jamais je rencontre la maudite bête courant à terre, je vous réponds qu'elle n'aura plus envie de ronger les lilas.

Paul. — Vous oubliez, mon petit ami, que ces chenilles ne courent point à terre, qu'elles se tiennent dans l'intérieur du bois, à l'abri de nos regards.

Jules. — C'est juste. Et alors ?

Paul. — Alors, il faut connaître toute leur histoire pour savoir l'époque propice de leur faire la chasse. Je vous apprendrai d'abord que toute chenille devient papillon. Celle que j'ai là, dans la main, serait devenue un magnifique papillon blanc, tigré de taches bleues, si elle était restée quelques mois encore dans la tige du lilas.

Émile. — Oncle Paul, je vous en prie, remettez la bête

dans le bois sans lui faire du mal ; comme cela nous verrons tous le beau papillon.

PAUL. — Ce serait imprudence, nos arbres pourraient en souffrir. Nous la déposerons provisoirement dans un verre car je veux vous montrer sa structure avec plus de détail. Quant au papillon, je l'ai dans ma boîte à insectes; vous le verrez demain.

III. — Le Papillon.

Le lendemain, Émile et Jules étaient en admiration devant les papillons qui voletaient sur les fleurs du jardin. Oh! qu'ils sont beaux, se disaient-ils ; oh! mon Dieu qu'ils sont beaux. Il y en a dont les ailes sont barrées de rouge sur un fond grenat ; il y en a d'un bleu vif avec des ronds noirs ; d'autres sont d'un jaune de soufre avec des taches orangées ; d'autres sont blancs et frangés d'aurore. Ils ont sur le front deux fines cornes, deux antennes, tantôt effilées en aigrette, tantôt découpées en panache. Ils ont sous la tête une trompe, un suçoir aussi mince qu'un cheveu et roulé en spirale. Quand ils s'approchent d'une fleur, ils déroulent la trompe et la plongent au fond de la corolle pour y boire une goutte de liqueur mielleuse. Oh! qu'ils sont beaux! Oh! mon Dieu, qu'ils sont beaux ! Mais si l'on vient à les toucher, leurs ailes se flétrissent et laissent entre les doigts comme une fine poussière de métaux précieux.

L'oncle vint. — Celui-ci, disait-il, dont les ailes sont blanches avec une bordure et trois taches noires s'appelle la piéride du chou. Cet autre plus grand, dont les ailes jaunes et barrées de noir se terminent par une longue queue à la base de laquelle se trouvent un grand œil couleur de rouille et des taches bleues, se nomme le machaon. Ce tout petit, d'un bleu de ciel en dessus, d'un gris argenté en dessous, parsemé de taches noires cerclées de blanc, avec une rangée de points rougeâtres bordant les ailes, s'appelle l'argus.

Et l'oncle continua ainsi le dénombrement des papillons qu'un beau soleil avait attiré sur les fleurs.

JULES. — Et le papillon de notre chenille ?

PAUL. — Je vais le chercher.

L'oncle revint bientôt. Il apportait une grande boîte en carton dans laquelle étaient fixés avec des épingles sur un fond de liège, des papillons et des scarabées de toutes sortes. Il y avait là les insectes qui font du tort aux récoltes, aux fruits, aux plantations. L'oncle les avait peu à peu recueillis pour sa propre instruction et pour celle des autres. Il sortit de la boîte le papillon que voici.

Fig. 3. — La Zeuzère du marronnier.

PAUL. — La chenille du lilas de Jules serait devenue ce papillon superbe, qu'on nomme *Zeuzère du marronnier*. Les ailes sont d'un beau blanc avec de nombreuses tâches d'un bleu foncé presque noir ; le corps est également d'un blanc soyeux ; six gros points bleus sont rangés en deux lignes sur le dos à la naissance des ailes. La femelle diffère du mâle par une taille moitié plus grande et par un long conduit jaunâtre et pointu qui termine le ventre et sert à introduire les œufs dans les fines rides de l'écorce des arbres.

ÉMILE. — Et ce papillon provient de cette laide chenille ?

PAUL. — Oui, mon enfant. Tout papillon avant d'être la gracieuse créature qui vole de fleur en fleur avec de magnifiques ailes, est une misérable chenille, qui rampe péniblement. Ainsi la zeuzère avec ses ailes de satin blanc tigré de bleu, provient d'une chenille pareille à celle que nous avons prise dans le lilas de Jules ; ainsi la pièride que vous voyez voler dans le jardin, est d'abord une chenille verte, qui se tient sur les choux et en ronge les feuilles. Jacques vous dira toute la peine qu'il prend pour garantir de la vorace bête sa plantation de choux, car, voyez-vous, elles ont un terrible appétit, les chenilles. Vous en saurez bientôt le motif.

La plupart des insectes se comportent comme les papillons. Au sortir de l'œuf, ils ont une forme provisoire qu'ils doivent remplacer plus tard par une autre. Ils naissent en quelque sorte deux fois : d'abord imparfaits, lourds, voraces, laids ; puis parfaits, agiles, sobres, et souvent d'une richesse, d'une élégance admirables. Sous sa première forme, l'insecte est un ver que l'on désigne par le nom général de *larve*. Retenez bien ce mot qui reviendra souvent.

Vous connaissez la jardinière, ce bel insecte d'un vert doré que vous voyez si souvent vagabonder dans le jardin. Avant d'avoir sa riche cuirasse plus brillante que le bronze poli, la jardinière était une fort laide bestiole, toute noire, vivant dans la terre. Vous connaissez la jolie petite bête du bon Dieu, d'un rouge vif avec sept points noirs. Elle a été d'abord un ver fort laid, une larve couleur d'ardoise, hérissée de piquants. Le hanneton, le bonasse hanneton, qui, la patte retenue par un fil, gonfle gauchement ses ailes, compte ses écus et part au chant de vole, vole ! est d'abord un ver blanc, une larve dodue, grasse à lard, qui vit sous terre, s'attaque aux racines des plantes et ravage nos cultures. Le grand cerf-volant, dont la tête est armée de pinces menaçantes, semblables pour la forme aux cornes du cerf, est au début un gros ver qui vit dans les vieux troncs d'arbre. Il en est de même du capricorne, si curieux par ses longues antennes. Et le ver que l'on trouve dans les cerises trop mûres, que devient-il, lui si répugnant ? Il devient une belle mouche dont les ailes sont parées de quatre bandes de velours noir. Ainsi des autres.

Eh bien, ce premier état de l'insecte, ce ver, forme provisoire du jeune âge, s'appelle du nom de larve. Le merveilleux changement qui transfigure la larve en insecte parfait se nomme métamorphose. Les chenilles sont des larves. Par la métamorphose, elles deviennent ces magnifiques papillons dont les ailes parées des plus riches couleurs nous ravissent d'admiration. L'argus, si beau maintenant avec ses ailes d'un bleu céleste, était d'abord une pauvre chenille velue ; le splendide machaon a débuté par être une chenille verte rayée de noir en travers, avec des points roux sur les flancs ; l'élégante zeuzère, si bien parée que les jardiniers la nomment la *coquette*, est en débutant la misérable chenille que vous savez. De cette abjecte vermine, la métamorphose fait les papillons, ces délicieuses créatures avec lesquelles les fleurs peuvent seules rivaliser d'élégance.

Vous savez tous le conte de Cendrillon. Ses sœurs sont parties pour le bal, bien fières, bien pimpantes. Cendrillon, le cœur gros, surveille la marmite. Arrive la marraine. — « Va, dit-elle, au jardin quérir une citrouille. » Et voilà que la citrouille évidée se change, sous la baguette de la fée marraine, en un carrosse doré. — « Cendrillon, fait-elle encore, lève la trappe de la souricière. » — Six souris s'en échappent, aussitôt touchées de la magique baguette, aussitôt métamorphosées en six chevaux d'un beau gris pommelé. Un rat à maîtresse barbe devient un gros cocher doué d'une triomphante moustache. Six lézards qui dormaient derrière l'arrosoir deviennent des laquais tout de vert chamarrés, qui montent aussitôt derrière le carrosse. Enfin les méchantes nippes, les nippes crasseuses de la pauvre fille sont changées en habits de drap d'or et d'argent semés de pierreries. Cendrillon part pour le bal, chaussée de pantoufles de verre. Mieux que moi, vous savez apparemment le reste.

Ces puissantes marraines pour qui c'était un jeu de changer des souris en chevaux, des lézards en laquais, de laides nippes en habits somptueux, ces gracieuses fées qui vous émerveillent de leurs fabuleux prodiges, que sont-elles, mes chers enfants, en comparaison de la réalité, la grande fée du bon Dieu, qui, d'un ver impur, objet de dégoût, sait faire une ravissante créature ! Elle touche de sa divine baguette une misérable chenille, un ver abject qui bave dans le bois pourri, et le miracle est fait : la dégoûtante larve est devenue un scarabée tout reluisant d'or, un papillon dont les ailes d'azur auraient fait pâlir la toilette princière de Cendrillon.

IV. — Les larves.

PAUL. — Les insectes se propagent par des œufs, qu'ils pondent, avec une admirable prévoyance, en des lieux où les jeunes soient assurés de trouver de la nourriture.

JULES. — La zeuzère, où dépose-t-elle les siens ?

PAUL. — Sur divers arbres dont le bois convienne à l'appétit des larves futures, sur le lilas, le poirier, le pommier, le frêne, l'orme, le cognassier, le sorbier, le houx, le maronnier, et sans doute bien d'autres. Le papillon se pose sur l'écorce où il reste immobile, puis avec le conduit long et pointu qui lui termine le ventre, il introduit un à un ses œufs dans les fines crevasses de l'arbre. C'est en juillet que la ponte a lieu. Il convient à cette époque de faire l'inspection du jardin, de visiter un à un les arbres fruitiers pour surprendre le papillon appliqué sur les écorces et le faire périr avant la ponte, et se délivrer ainsi des ravageurs futurs. Il n'est guère possible d'atteindre la chenille qui s'est creusé un domicile dans la tige d'un arbre, mais on peut toujours, avec un peu de surveillance, atteindre le papillon qui vit au dehors. La chasse est d'ailleurs plus efficace : en se débarrassant de la mère, on fait périr dans leur germe un cent de chenilles peut-être.

ÉMILE. — Est-ce que le papillon ne prend pas la fuite quand on veut le saisir sur l'écorce d'un arbre ? J'ai bien de la peine à prendre ceux qui volent dans le jardin.

Lorsque j'en vois un posé sur une* fleur, je m'approche doucement, bien doucement, j'avance la main, mais pst ! le papillon s'en va.

PAUL. — On prend la zeuzère sans difficulté ; la pauvre mère a le vol lourd et puis elle est trop préoccupée du soin de ses œufs pour songer à prendre la fuite.

JULES. — Ah! si j'avais su ces choses, comme j'aurais fait bonne garde autour de mon lilas ! Vienne le mois de juillet et vous verrez.

PAUL. — Chaque espèce d'insectes, vous dirais-je, dépose ses œufs, avec une admirable prévoyance, en des lieux où les jeunes aient des vivres assurés. Le petit être qui sort de l'œuf est une larve, un débile vermisseau, qui, le plus souvent, doit seul se tirer d'affaires, se procurer à ses risques et périls le vivre et le couvert, chose difficile en ce monde. En ses pénibles débuts, il ne peut attendre aucun aide de sa mère, morte le plus souvent ; car, chez les insectes, ies parents meurent en général avant l'éclosion des œufs d'où proviendront les fils.

Sans tarder, la petite larve se met au travail. Elle mange. C'est son unique affaire, affaire grave, d'où dépend l'avenir. Elle mange, non simplement pour soutenir ses forces au jour le jour, mais surtout pour acquérir l'embonpoint nécessité par la future métamorphose. Il faut vous dire, et ceci vous étonnera peut-être, que l'insecte ne grossit plus, une fois qu'il possède sa forme finale, sa forme parfaite. Aussi connaît-on des insectés, le papillon du ver-à-soie entre autres, qui ne prennent aucune nourriture.

Le chat est d'abord une mignonne créature à nez rose, si petite qu'elle tiendrait dans le creux de la main. En un mois ou deux, c'est un gentil minet, qui s'amuse d'un rien, et, de sa patte leste, fouette la mèche de papier que l'on fait courir devant lui. Encore un an, et c'est un matou, qui guette patiemment les souris et se griffe sur les toits avec ses rivaux. Mais, mignonne créature entr'ouvrant à peine ses petits yeux bleus, gentil minet joueur, gros matou querelleur, le chat a toujours la forme de chat.

C'est tout autre chose pour les insectes. Le machaon, sous sa forme de papillon, n'est pas d'abord petit, puis moyen, puis grand. Lorsque pour la première fois, il ouvre ses ailes et prend son vol, il possède toute la grosseur qu'il doit à jamais avoir. Quand il sort de dessous terre, où il vivait à l'état de larve, quand pour la première fois il apparaît au jour, le hanneton est tel que vous le connaissez. La zeuzère, au moment où elle quitte la demeure que la chenille s'était creusée dans le bois, a la grosseur de celle que je viens de vous montrer. Il y a de petits chats, mais il n'y a pas de petits machaons, de petites zeuzères, de petits hannetons. Après la métamorphose, l'insecte est tel qu'il doit rester jusqu'à la fin.

Émile. — J'ai pourtant vu de tout petits hannetons qui volent le soir autour des saules.

Paul. — Ces petits hannetons sont une espèce différente. Ils restent ce qu'ils sont. Jamais ils ne grossissent et ne deviennent le hanneton commun.

Seule, la larve grandit. D'abord toute petite au sortir de l'œuf, elle acquiert peu à peu une grosseur en rapport avec l'insecte futur, ce qui nécessite souvent plusieurs années; aussi la larve vit-elle bien plus longtemps que l'insecte parfait qui en provient. A l'état de chenille ou de larve, la zeuzère reste trois ans dans le bois qu'elle ronge; à l'état de papillon, elle vit une semaine ou deux peut-être, tout juste le temps de pondre ses œufs.

Émile. — Et puis?

Paul. — Et puis, elle meurt; son rôle est fini. Trois années durant, trois longues années, elle reste sordide chenille, vivant de bois pourri, se gorgeant de matières coriaces, pour se transfigurer enfin en superbe papillon, boire le miel au fond des fleurs et jouir quinze jours des suprêmes fêtes de la vie.

Jules. — Le papillon ne fait donc aucun mal aux arbres?

Paul. — Aucun. Il en est à peu près de même pour la plupart des insectes. Les dégâts qu'ils font à l'état parfait ne sont rien ou sont fort peu de chose, par rapport aux

dégâts des larves, d'une vie plus longue et d'un vorace
appétit.

V. — Les grands mangeurs.

PAUL. — La larve mange gloutonnement pour amasser
les matériaux que la métamorphose doit mettre en œuvre :
matériaux pour les ailes, pour les antennes, pour les
pattes et toutes ces choses que la larve n'a pas, mais que
l'insecte doit avoir. Avec quoi le gros ver qui vit dans le
bois mort et doit devenir un jour le cerf-volant, fera-t il
les énormes pinces branchues et la robuste cuirasse de
l'insecte parfait? Avec quoi la larve fera-t-elle les longues
antennes du capricorne? Avec quoi la chenille fera-t-elle
les grandes ailes de la zeuzère? Avec ce que la chenille,
la larve, le ver amassent maintenant, avec leurs éco-
nomies en substance vivante.

Si le petit chat au nez rose naissait sans oreilles, sans
pattes, sans queue, sans fourrure, sans moustaches, s'il
était simplement une petite boule de chair, et qu'il dût un
jour acquérir en une fois, tout en dormant, oreilles,
pattes, queue, fourrure, moustaches, et bien d'autres
choses, n'est-il pas vrai que ce travail de la vie nécessi-
terait des matériaux amassés par avance et tenus en réserve dans les graisses de l'animal? Rien ne se fait avec
rien; le moindre poil de la moustache du chat pousse aux
dépens de la substance de la bête, substance qui s'acquiert
par l'alimentation.

La larve est précisément dans ce cas : elle n'a rien, ou
à peu près, de ce que doit avoir l'insecte parfait. Elle doit
donc amasser, en vue des changements futurs, des matériaux de rechange ; elle doit manger pour deux : pour elle
d'abord, et puis pour l'insecte qui proviendra de sa substance transformée, remise au moule en quelque sorte.
Aussi les larves sont-elles douées d'un incomparable
appétit. Manger, vous ai-je dit, est leur unique affaire.
Elles mangent de jour, de nuit, souvent sans discontinuer,
sans reprendre haleine. Perdre une bouchée, quelle

imprudence ! Le papillon futur aurait peut-être une écaille de moins à ses ailes. On mange donc gloutonnement, on prend du ventre, on se fait gros, gras, dodu. C'est le devoir des larves.

Les unes s'attaquent aux plantes ; elles broutent les feuilles, elles mâchent les fleurs, elles mordent la chair des fruits. D'autres ont un estomac assez robuste pour digérer le bois ; elles se creusent des galeries dans les troncs d'arbre, elles liment, elles râpent, elles mettent en poudre le chêne le plus dur, aussi bien que le saule tendre. Celles-ci préfèrent les matières animales en décomposition ; elles hantent les cadavres infects, elles font ventre de la pourriture. Celles-là fréquentent les ordures et se repaissent d'immondices. Ce sont toutes des vidangeuses, à qui est dévolue la haute mission de nettoyer la terre de ses souillures. Des nausées vous prennent au seul souvenir de ces vers qui grouillent dans la sanie, et cependant alors un acte des plus importants, un acte providentiel s'accomplit par ces dégoûtants mangeurs, qui défrichent l'infection et en rendent les matériaux à la vie. Comme dédommagement de sa besogne ordurière, telle de ces larves sera plus tard une magnifique mouche, rivalisant d'éclat avec le bronze poli ; telle autre, un scarabée parfumé de musc, et dont la riche cuirasse a les reflets de l'or.

Mais ces larves vouées au travail de l'assainissement général ne peuvent nous faire oublier les autres mangeurs, dont nous sommes les victimes. La larve seule du hanneton pullule parfois en tel nombre dans la terre, que des étendues immenses perdent leurs plantations, rongées par les racines. Les arbustes du forestier, la récolte de l'agriculteur, les plants du jardinier, au moment où tout prospère, un beau matin pendent flétris, frappés de mort. Le ver a passé par là et tout est perdu. Le feu n'aurait pas fait de plus affreux ravages. — Bien des fois, une petite chenille de rien a mis nos vignobles en péril. — Des vermisseaux assez menus pour se loger dans un grain de blé, ravagent le froment de nos greniers et ne laissent que le

son. — D'autres broutent les luzernes, si bien qu'après
eux le faucheur ne trouve rien. — D'autres, des années
durant, rongent au cœur du bois le chêne, le peuplier, le
pin et les divers grands arbres. — D'autres, qui deviennent ces petits papillons blancs voltigeant le soir autour
de la flamme des lampes et appelés *teignes*, tondent nos
étoffes de drap, brin de laine par brin de laine, et finissent
par les mettre en lambeaux. — D'autres s'attaquent aux
boiseries, aux vieux meubles, qu'ils réduisent en poussière.
— D'autres....., mais je n'en finirai pas, si je voulais tout
dire. Ce petit peuple auquel on dédaigne souvent d'ac-
corder un peu d'attention, ce petit peuple des insectes est
si puissant par le robuste appétit de ses larves, que
l'homme doit très-sérieusement compter avec lui. Si tel
vermisseau vient à pulluler outre mesure, des provinces
entières sont menacées de la malemort de la faim. Et l'on
nous laisse dans une parfaite ignorance au sujet de ces
dévorants ! Comment se défendre si l'ennemi vous est
inconnu ? Ah ! si cela me regardait ! Pour vous, mes
chers enfants, retenez bien ceci : les larves des insectes
sont les grands mangeurs de ce monde, car tout ou peu
s'en faut leur passe par le ventre.

JULES. — Et la preuve, c'est que mon lilas y a passé. Ce
doit être dur à manger cependant.

PAUL. — J'en conviens, le bois est de digestion difficile
et si peu nutritif, que la larve doit en manger beaucoup pour se sustenter ; mais la chenille du lilas possède
un estomac fait exprès, s'accommodant fort bien de cette
coriace nourriture ; en outre, elle a des mâchoires que ne
rebute point la bouchée la plus dure. Que je vous montre
tout cela en détail.

VI. — L'Instinct.

L'oncle prit la chenille qu'on avait déposée dans un
verre.

PAUL. — Examinez attentivement la bête. Sa peau est
fine, si fine qu'un léger attouchement l'endolorit ; mais ici

sur la tête, en ce point qu'on appelle crâne, elle possède la dureté de la corne, pour former une calotte, une
espèce de casque qui peut affronter impunément les
âpretés du bois. La tête ouvre le chemin, elle est en con-
séquence défendue par une armure ; le reste du corps
suit et n'a pas besoin de cette enveloppe de corne.

Émile. — Je comprends : la bête avance tandis que les
pattent grattent et creusent.

Paul. — Non, mon ami : les pattes ne servent pas à creuser le bois. La chenille en a huit paires. Les trois premières paires ou les plus rapprochées de la tête, ont une
forme toute différente de celle des autres. Elles sont fines
et pointues. Ce sont elles qui, par la métamorphose, deviennent les pattes du papillon, mais en s'allongeant
beaucoup et en prenant une autre forme. Aussi les
nomme-t-on les *pattes vraies*. Les quatre paires suivantes
sont placées vers le milieu du corps, et la dernière paire
est située tout à l'autre bout. Ces cinq paires portent le
nom de *fausses pattes*, parce qu'elles disparaissent complétement quand la chenille est remplacée par le papillon.
Elles sont courtes, larges et armées en-dessous d'une
foule de petits crochets avec lesquels la chenille se cramponne aux parois de son habitation. Les poils roides dont
le corps est couvert servent pareillement à la progression,
car la chenille circule dans son canal un peu à la manière
des ramoneurs, qui s'aident des genoux et du dos pour
monter dans une cheminée.

Jules. — Alors avec quoi la chenille creuse-t-elle le
bois ?

Paul. — L'outil pour émietter le bois consiste en deux
crocs noirâtres, l'un à droite l'autre à gauche de la bouche,
qui jouent et se rejoignent à la manière de tenailles. On
les nomme *mandibules*. Ce sont deux mâchoires, ou mieux
deux dents, qui, au lieu de se rapprocher comme les
nôtres de bas en haut, se rapprochent en travers. Pour la
précision de leurs mouvements, les mandibules défieraient
nos meilleures pinces ; pour la dureté, elles sont presque
comparables à des pointes d'acier. Elles saisissent le bois

parcelle à parcelle, patiemment, sans se lasser; elles tranchent, elles scient, elles arrachent brin à brin et percent
de la sorte un couloir juste suffisant pour le passage de la
chenille.

JULES. — Et les débris du bois, que deviennent-ils ? Il
me semble qu'ils doivent empêcher l'animal d'avancer
puisque la galerie est si étroite.

PAUL. — Ils passent par le corps de la bête, qui s'en
nourrit. Quand la digestion en a extrait l'infiniment peu
de matière nutritive qu'ils contiennent, ils sont rejetés en
arrière, moulés en crottins. Et c'est bientôt fait, la digestion d'une chenille; jugez donc : le bois est nourriture si
maigre. Aussi le ver avance toujours, dépeçant, rongeant,
digérant. Il lui faut une forte branche de poirier, la tige
d'un lilas, pour acquérir les graisses nécessaires à la future
métamorphose.

L'abondance de la vermoulure rejetée en arrière du couloir trahit quelquefois les ravages de la chenille. Quand
on voit sortir par un point de l'écorce sur un poirier, un
pommier ou autres arbres, un peu de cette vermoulure
résidu de la digestion, l'ennemi est à l'œuvre, et sans hé-
siter il faut abattre la branche attaquée, pour prévenir des
ravages plus grands. Si la chenille n'est pas trop loin, on
peut encore introduire un fil de fer pointu dans l'ouverture et tâcher de tuer la bête dans son gîte. Mais comme
la galerie est fort tortueuse, ce moyen est loin de réussir
toujours.

JULES. — Ne pourrait-on introduire le fil de fer par une
seconde ouverture?

PAUL. — Mais, mon petit ami, vous ne songez pas que
la chenille a ses ruses et qu'elle se garde bien d'ouvrir
d'ici et de là des fenêtres à son logis, ce qui faciliterait
l'attaque de ses ennemis, car elle en a, et beaucoup,
outre l'homme. Qu'elle s'avisât, par exemple, de sortir un
peu à l'air, histoire de prendre le frais, et un moineau
l'apercevrait peut-être et l'emporterait pour donner la
becquée à sa nichée sous les tuiles du toit. Tous ces dan-
gers, elle les sait ou plutôt elle les devine vaguement, car

toute créature, jusqu'au dernier des vers, est douée du savoir faire que réclame sa propre conservation et surtout
la conservation de sa race. L'animal n'a pas la raison sans
doute, cette haute prérogative de l'homme ; mais il se conduit cependant comme s'il raisonnait ses intérêts avec
une justesse devant laquelle qui réfléchit reste confondu.
Un autre, en effet, a raisonné pour lui, mes bien-aimés
enfants ; c'est la Raison universelle, en qui tout vit, par
qui tout vit ; c'est Dieu, père des hommes, mais père aussi
des lilas et des chenilles qui les rongent. L'animal sait
donc sans avoir jamais appris, il est maître en son art sans
avoir passé par les épreuves d'apprenti ; du premier coup,
sans expérience aucune, il fait admirablement ce qu'il est
destiné à faire. Ce don de naissance, cette inspiration
infaillible qui le guide dans son travail, s'appelle l'*instinct*.

A l'état de papillon, la zeuzère prend très-peu de nourriture, tout au plus quelques gouttes de miel au fond des
fleurs. Sa trompe si menue, si délicate, exige cette fine
boisson. Maintenant qu'il n'a plus ses robustes mandibules,
comment le papillon peut-il songer que le bois est chose
mangeable ? Garderait-il souvenir de ses appétits de chenille ? Qui pourrait le dire ? Et puis comment le papillon
sait-il reconnaître les arbres dont le bois convient aux
larves, lorsque nous-mêmes avons besoin d'une certaine
éducation pour distinguer les espèces les plus communes.
Lui, sans éducation préalable, ne confond pas un platane
avec un poirier, un buis avec un lilas, un chêne avec un
orme. Les œufs sont donc pondus sur l'arbre convenable,
jamais ailleurs. Où l'homme pourrait se tromper, la bête,
guidée par l'instinct, ne fait pas d'erreur.

La petite larve sort de l'œuf. Par expérience, que sait-
elle, la pauvrette, du dur métier qu'elle est destinée
à faire ? Rien, absolument rien. C'est égal, aussitôt
née, elle attaque le bois et se creuse au plus vite une
niche pour se mettre à l'abri. Le plus pressé est fait ;
maintenant à loisir elle ronge, elle avance, grignotant un
peu d'ici un peu de là, abandonnant un mauvais coin pour
en choisir un meilleur. La galerie s'allonge, toujours plus

grosse à mesure que l'animal grandit; tantôt elle monte,
tantôt elle descend ou tourne par côté dans l'épaisseur entière de la branche. Tout le bois est attaqué indifféremment, sans économie, au hasard, car la larve est assurée
de ne pas manquer de vivres. Une seule chose est scrupuleusement respectée : c'est l'écorce, qu'il ne faut pas
trouer crainte de trahir son gîte. Comment la larve, tra-
vaillant dans une obscurité absolue, sait-elle que le bout
de la galerie va toucher à l'écorce et que le moment est
venu de rebrousser chemin ? Qui lui inspire la crainte de
se montrer au dehors; qui lui conseille de se tenir
prudemment au cœur du bois pour éviter le moineau mal
intentionné qu'elle n'a jamais vu ? C'est l'instinct, la
clairvoyante inspiration qui sauvegarde les créatures dans
la lutte implacable de la vie.

VII. — Le cocon.

PAUL. — Plus tôt ou plus tard, suivant l'espèce, un jour
vient où la larve se sent assez forte pour courir les périls
de la métamorphose. Elle a vaillamment fait son devoir,
car se bourrer la panse est le devoir d'un ver; elle a mangé
pour deux, pour elle et pour l'insecte. Maintenant il convient de renoncer à la bombance, de se retirer du monde
et de se préparer un abri tranquille pour le sommeil
semblable à celui de la mort, pendant lequel se fait la
seconde naissance. Mille méthodes sont en œuvre pour la
préparation de ce gîte.

Certaines larves s'enfouissent simplement dans la
terre ; d'autres s'y creusent des niches rondes à parois
polies. Il y a en a qui se façonnent un abri avec des feuilles
sèches ; il y en a qui savent agglutiner en boule creuse les
grains de sable, le bois pourri, le terreau. Celles qui vivent
dans les troncs d'arbre bouchent en arrière, avec un tampon de sciure de bois, la galerie qu'elles se sont creusée ;
celles qui vivent dans le blé rongent toute la partie farineuse du grain et respectent l'enveloppe, le son, qui doit
leur servir de berceau. D'autres, moins précautionnées,

s'abritent dans quelque ride d'une écorce, d'un mur et s'y fixent par un cordon qui les ceint par le travers du corps. De ce nombre sont les chenilles de la piéride et du machaon. Mais c'est surtout dans la confection de la cellule de soie appelée cocon, que se montre la haute industrie des larves.

Une chenille d'un blanc cendré, de la grosseur du petit doigt, est élevée en grand pour son cocon, avec lequel se font les étoffes de soie. On l'appelle le ver à soie (*fig.* 4). Dans des chambres bien propres sont disposées des claies de roseaux, sur lesquelles on met de la feuille de mûrier et les jeunes chenilles provenant des œufs éclos en domesticité. Le mûrier est un grand arbre cultivé exprès pour nourrir les chenilles ; il n'a de valeur que par ses feuilles,

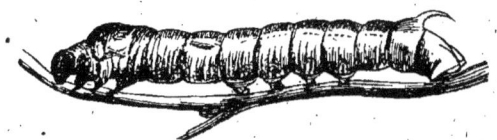

Fig. 4. — Le ver à soie.

seule nourriture des vers à soie. On consacre à sa culture de grandes étendues, tant le travail du ver est chose précieuse. Les chenilles mangent la ration de feuilles, renouvelée fréquemment sur les claies, et changent à diverses reprises de peau à mesure qu'elles se font grandes. Leur appétit est tel, que le cliquetis des mandibules ressemble au bruit d'une averse tombant par un temps calme sur le feuillage des arbres. Il est vrai que la chambrée contient des milliers et des milliers de vers. En quatre à cinq semaines, la chenille acquiert tout son développement. On dispose alors sur les claies de la ramée de bruyère, où montent les vers à mesure que leur moment est venu de filer le cocon. Ils s'établissent un à un entre quelques menus rameaux, et fixent çà et là une multitude de fils très-fins, de façon à former une espèce de réseau qui les maintient suspendus et doit leur servir d'échafaudage pour le grand travail du cocon.

Le fil de soie leur sort de la lèvre inférieure, par un trou appelé *filière*. Dans le corps de la chenille, la matière à soie est un liquide très-épais, visqueux, semblable à de la gomme. En s'écoulant par l'orifice de la lèvre, ce liquide s'étire en fil, qui se colle aux fils précédents et durcit aussitôt. La matière à soie n'est pas contenue toute faite dans la feuille de mûrier que mange le ver, pas plus que le lait n'est contenu tel quel dans l'herbe que broute la vache. La chenille la fabrique avec les matériaux fournis par l'alimentation, comme la vache fabrique le lait avec la substance du fourrage. Sans l'aide de la chenille, l'homme ne pourrait jamais retirer des feuilles du mûrier la matière de ses tissus les plus précieux. Nos admirables étoffes de soie prennent réellement naissance dans le ver, qui les bave en un fil.

Revenons à la chenille suspendue au milieu de son lacis. Maintenant elle travaille au cocon. Sa tête est dans un mouvement continuel. Elle avance, elle recule, elle monte, elle descend, elle va de droite et de gauche tout en laissant échapper de sa lèvre un menu fil, qui s'enroule à distance autour de l'animal, se colle aux brins déjà placés, et finit par former une enveloppe continue de la grosseur d'un œuf de pigeon. L'édifice de soie est d'abord assez transparent pour permettre de voir travailler la chenille ; mais en augmentant d'épaisseur, il dérobe bientôt aux regards ce qui se passe dedans. Ce qui suit se devine sans peine. La chenille, pendant trois à quatre jours, épaissit la paroi du cocon jusqu'à ce qu'elle ait épuisé ses provisions de liquide à soie. La voilà enfin retirée du monde, isolée, tranquille, recueillie pour la transfiguration qui bientôt va se faire. Toute sa vie, sa grande vie d'un mois, elle a travaillé en prévision de la métamorphose ; elle s'est bourrée de feuilles de mûrier, elle s'est exténuée à faire de la soie pour son cocon, mais aussi elle va devenir papillon. Quel moment solennel pour la chenille !

Jules. — Les autres chenilles font sans doute comme le ver à soie?

Paul. — Beaucoup, mais non toutes. Il y en a qui n'ont pas assez de liquide à soie pour construire un solide cocon; alors elles associent diverses matières au peu de soie dont elles disposent. C'est ainsi que les chenilles velues mettent à profit leurs poils, qui se détachent alors sans difficulté, et les entremêlent avec les fils soyeux pour fabriquer une sorte de feutre; d'autres font entrer dans le cocon une grossière filasse formée de brins de bois; d'autres gâchent de la terre pour crépir les parois trop minces de leurs cellules; d'autres se contentent d'une fine ceinture de soie qui les fixe dans quelque abri.

Émile. — Et le cocon de la zeuzère, comment est-il?

Paul. — Dites-moi d'abord, mon cher enfant, dans quel but est construit le cocon.

Émile. — Ce n'est pas bien difficile : la chenille se fait un cocon pour être bien tranquille chez elle, et devenir papillon sans crainte d'être dérangée. Elle s'enferme afin de se transformer en paix.

Paul. — C'est bien cela. Dites-moi encore si la chenille de la zeuzère, sans se mettre en frais de construction, n'a pas une demeure solide, une retraite paisible, elle qui vit dans l'épaisseur d'une grosse branche d'arbre.

Émile. — Je le crois bien. Qui pourrait aller la troubler là-dedans?

Paul. — Eh bien, alors?

Jules. — Je comprends : la chenille ne se fabrique pas de cocon.

Paul. — Oui, mon ami, la bête a trop d'esprit pour faire l'inutile. La zeuzère ne se fabrique pas de cocon, protégée qu'elle est par l'épaisseur du bois; elle se contente de tamponner avec une bourre de sciure l'arrière du couloir pour couper le chemin aux intrus qui pourraient venir la troubler pendant le pénible travail de la métamorphose.

Une autre précaution est prise, précaution fondamentale sans laquelle le papillon périrait misérablement, car il n'a pas les robustes mandibules de, la larve, ces crocs durs qui rongent le bois, mais seulement une trompe délicate, incapable de percer la feuille la plus mince. Comment ferait-il donc s'il naissait au cœur d'une branche, dans un couloir fermé par un bout et encombré de débris à l'autre. Faute d'outils pour s'ouvrir un chemin, il périrait sans pouvoir apparaître au jour, où il doit vivre. Que fait la chenille pour lever la future difficulté ? Elle n'écoute plus sa prudence ordinaire, qui lui défendait d'attaquer l'écorce crainte de se trahir ; elle va droit à la surface et ses derniers coups de dents ouvrent une fenêtre par où s'envolera le papillon. Cela fait, les mandibules peuvent tomber, le casque de corne peut disparaître ; ces outils sont désormais inutiles car tout est disposé en vue de l'avenir. La chenille se recule donc un peu de la fenêtre ouverte et se prépare à la transfiguration finale.

Jules. — C'est admirable, oncle Paul ; on dirait que la chenille prévoit l'avenir.

Paul. — Elle le prévoit en effet, non péniblement comme nous et d'une manière incertaine, par une combinaison rationnelle d'idées, mais d'emblée, sans réflexion, sans aucune chance d'erreur. Les secrets pressentiments de l'instinct lui donnent cette merveilleuse prévision, dont elle n'a pas conscience.

VIII. — La chrysalide.

Paul. — Une fois enclose dans son cocon, la chenille se flétrit et se ride comme pour mourir. D'abord, la peau se fend sur le dos ; puis, par des trémoussements répétés qui tiraillent d'ici, qui tiraillent de là, le ver s'écorche douloureusement. Avec la peau tout vient : casque du crâne, mandibules, yeux, pattes, estomac et le reste. C'est un arrachement général. Le guenille du vieux corps est enfin repoussée dans un coin du cocon.

Que trouve-t-on alors dans la cellule de soie ? Une autre chenille, un papillon ? — Ni l'un ni l'autre. On trouve un corps en forme d'amande, arrondi par un bout, pointu par l'autre, de l'aspect du cuir et nommé *chrysalide* (fig. 5). C'est un état intermédiaire entre la chenille et le papillon. On y voit certains reliefs qui déjà trahissent la forme de l'insecte futur : au gros bout, on distingue les antennes et les ailes étroitement appliquées en écharpe sur la chrysalide.

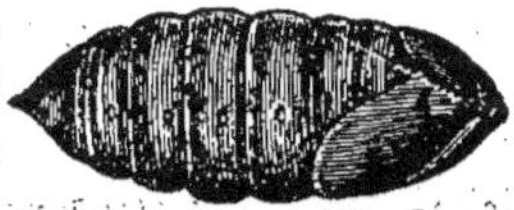

Fig. 5. — Chrysalide du ver à soie.

Les larves du hanneton, du capricorne, du cerf-volant et des autres scarabées passent par un état analogue, mais avec des formes mieux accentuées. Les diverses parties de la tête, les ailes, les pattes, délicatement repliées sur les flancs, sont très-reconnaissables. Mais tout cela est immobile, tendre, blanc, ou même transparent comme le cristal. Cette ébauche d'insecte s'appelle *nymphe*.

L'expression de chrysalide usitée par les papillons et l'expression de nymphe usitée pour les autres insectes, signifient une même chose sous des apparences un peu différentes. La chrysalide et la nymphe sont, l'une et l'autre, l'insecte en voie de formation, l'insecte étroitement emmaillotté dans des langes sous lesquels s'achève l'incompréhensible travail qui doit changer de fond en comble la structure première.

Fig. 6. - Nymphe du dermeste, insecte qui ronge les peaux et le lard.

En une vingtaine de jours, si la température est propice, la chrysalide du ver à soie s'ouvre ainsi qu'un fruit mûr, et, de sa coque fendue, s'échappe le papillon, tout chiffonné, tout humide, pouvant à peine se tenir sur ses jambes tremblantes. Il lui faut le grand air pour prendre des forces, pour étaler et sécher ses ailes. Il lui faut sortir du cocon. Mais comment s'y prendre? La chenille a fait le cocon si solide et le papillon est si faible. Finira-t-il dans la prison, le pauvret? Il valait bien la peine de se donner tant de mal pour étouffer dans la cellule close, une fois le but atteint.

Émile. — Tiens, c'est vrai, le voilà bien embarrassé. Comment fera-t-il pour percer sa prison de soie? La zeuzère n'a pas ce souci; le papillon s'envole par la fenêtre ouverte dans le bois.

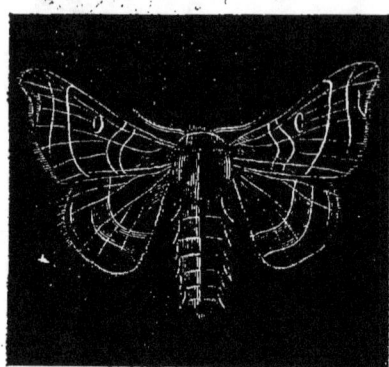

Paul. — Vous voyez qu'en ne se filant pas de cocon, qui du reste lui serait inutile, la zeuzère s'évite plus tard de sérieux embarras.

Émile. — Avec les dents, le papillon ne peut-il déchirer le cocon?

Paul. — Mais, naïf enfant, il n'en a pas, ni rien qui en approche. Il n'a qu'une trompe, incapable du moindre effort.

Fig. 7. — Le Bombyx du mûrier ou papillon du ver à soie.

Émile. — Avec les griffes, alors?

Paul. — Oui, s'il en avait d'assez robustes. Le malheur est qu'il n'en a pas.

Jules. — Cependant, il doit pouvoir sortir de là.

Paul. — Sans doute, il en sortira. Toute créature n'a-t-elle pas ses ressources dans les moments difficiles de la vie? Pour briser la coque de l'œuf qui le retient prisonnier, le tout petit poulet a sur le bout du bec un durillon fait exprès, et le papillon n'aurait rien pour ouvrir son cocon! Oh! que si. Mais vous ne sauriez soupçonner le singulier outil dont il va se servir. Il va se servir de ses yeux.

Jules. — De ses yeux?

Paul. — Oui. Les yeux des insectes sont recouverts d'une calotte de corne transparente, dure et taillée à facettes. Il faut un verre grossissant pour distinguer ces facettes, tant elles sont fines; mais si fines qu'elles soient, elles n'ont pas moins de vives arêtes dont l'ensemble constitue au besoin une râpe. Le papillon commence donc par humecter avec une goutte de salive le point du cocon qu'il veut attaquer ; et puis, appliquant un œil sur l'endroit ainsi ramolli, il tourne sur lui-même, il cogne, il gratte, il lime. Un à un, les fils de soie cèdent à la râpe. Le trou est fait, le papillon sort du cocon. Que vous en semble ? Les bêtes parfois n'ont-elles pas de l'esprit comme quatre ? Qui de nous se serait avisé de forcer les murs d'une prison en les cognant de l'œil !

Émile. — Le papillon doit avoir bien cherché pour arriver à ce moyen ingénieux ?

Paul. — Je vous le répète encore : le papillon ne cherche pas, ne réfléchit pas. Il sait immédiatement faire et très-bien faire ce qui le concerne. Un autre a réfléchi pour lui.

Émile. — Et qui ?

Paul. — Dieu, lui-même, Dieu, le grand savant qui a doué chaque espèce de l'instinct nécessaire à sa conservation.

Le papillon du ver à soie n'a rien de gracieux. Il est blanchâtre, ventru, lourd. Il ne vole pas, comme les autres, de fleur en fleur, car il ne prend aucune nourriture. Aussitôt sorti du cocon, il se met à pondre ses œufs ; puis, il meurt. Les œufs du ver à soie s'appellent vulgairement *graines*, expression fort juste, car l'œuf est la graine de l'animal comme la graine est l'œuf de la plante. Œuf et graine se correspondent.

Tous les insectes à métamorphoses passent par les quatre états que je viens de vous faire connaître : *œuf, larve* ou *chenille, chrysalide* ou *nymphe, insecte parfait*. L'insecte parfait pond ses œufs, et la série des

Fig. 8. — Chenille de la vanesse Io.

transformations recommence. C'est ce qu'on nomme *métamorphose complète*. Mais il y a des espèces qui arrivent plus rapidement à leur forme finale, sans passer par tous ces états. Les sauterelles, les criquets, les grillons, par exemple, ont au sortir de l'œuf à très-peu près la forme de l'animal parfait; seulement leurs ailes ne sont pas développées et se réduisent à de petits moignons figurant une courte jaquette. Plus tard, à la suite d'un changement général de peau, les moignons s'allongent, s'étalent et deviennent de grandes ailes recouvrant tout le ventre. Là se borne la transformation qu'on appelle *métamorphose incomplète*, ou *demi-métamorphose*.

Fig. 9. — Chrysa-lide de la vanesse Io.

Fig. 10. — Vanesse Io.

IX. — Le cossus.

L'histoire de la zeuzère avait bien amusé les deux enfants; Jules était même tout consolé de son lilas perdu. L'oncle, qui savait de quelle utilité peuvent être des notions exactes sur les insectes nuisibles, ne demandait pas mieux que de continuer ses récits; mais, autant que pos-

sible, il voulait laisser à ses neveux le plaisir et le mérite
de surprendre les ravageurs à l'œuvre.

Cherchez bien, leur disait-il, parcourez le jardin, examinez, trouvez, et je vous raconterai l'histoire de ce que
vous m'apporterez.

Ils ne se le firent pas dire deux fois. Tout un après-
midi, ils furetèrent dans les recoins du jardin, examinant
les feuilles, les fleurs, les branches, les écorces. Ils ne
trouvèrent rien. Il leur manquait l'expérience qui abrége
les recherches, le coup d'œil qui va droit au but. Et puis,
l'oncle avait un tel soin de ses arbres, que même pour des
regards exercés, l'espoir était petit de voir quelque dégât.
C'était bien par le plus grand des hasards qu'une chenille
avait rongé le lilas. Bref, ils ne trouvèrent rien.

Ils s'entendirent alors avec un de leurs camarades, le
petit Louis, qui reste sur la place en face de la fontaine,
et lui racontèrent ce que l'oncle leur avait dit au sujet de
la zeuzère. Louis prit goût à la chose. Il savait un orme
fort gros, dont les feuilles jaunies et les rameaux à demi-
secs dénotaient l'état souffreteux. On y fut. Du pied de
l'arbre, par des trous où l'on aurait pu plonger le pouce,
suintait une humeur noire. D'autres trous plus frais
étaient bourrés de sciure de bois. Impossible de s'y mé-
prendre : l'orme était habité par des ravageurs. Mais
quels ?

ÉMILE. — C'est encore la chenille de la zeuzère.

JULES. — Les trous sont bien gros, ce pourrait être
autre chose.

LOUIS. — J'ai un couteau ; nous allons voir.

Et le voilà qui soulève l'écorce, qui entaille le bois ma-
lade. En moins de rien, la pointe du couteau fut cassée,
tant le petit Louis y allait avec feu. Il fallut renoncer à
creuser plus avant, d'ailleurs les trous paraissaient plonger dans l'épaisseur du tronc, où il était impossible de les
suivre sans fendre l'orme en deux. Mais ne voilà-t-il pas
qu'en soulevant un lambeau d'écorce morte, Émile met à
découvert une chenille si grosse, si laide, d'aspect si
repoussant que personne n'ose y toucher. Chacun parta-

gera l'appréhension des trois petits chasseurs si l'on jette les yeux sur l'image que voici, représentant la bête trouvée sous l'écorce de l'orme.

Sa longueur est de près d'un décimètre ; sa couleur est d'un rouge vineux passant au brun sur la tête et sur le dos. Les flancs sont hérissés de poils raides. La bête rend par la bouche un liquide brun et huileux d'une odeur déplaisante que l'on sent en approchant seulement de l'arbre où elle réside. Peut-être se sert-elle de cette humeur corrosive pour ramollir le bois et le rendre de digestion plus facile. Quelle horreur de chenille !

Comment faire pour rapporter à l'oncle la précieuse capture ? Jules est ingénieux : il eut bientôt fait un cornet de papier où la bête fut poussée avec un bâton. Il mit

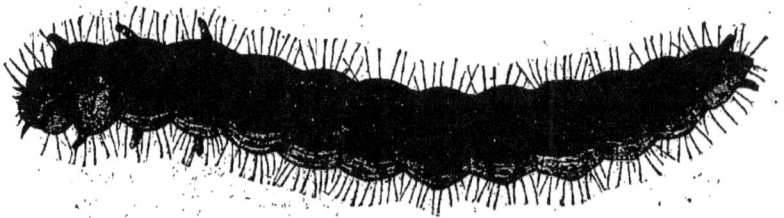

Fig. 11. — Chenille de cossus.

dans sa poche quelques morceaux d'écorce et de bois qui lui paraissaient travaillés d'une certaine façon, il mit dans une boite une douzaine de petits scarabées trouvés sous l'écorce, et l'on partit. En route, à diverses reprises, il fallut renouveler le cornet troué par la chenille, qui mâchait le papier aussi facilement qu'une feuille tendre de laitue. L'oncle était sur la porte ; il les vit arriver tout radieux de joie.

PAUL. — La chasse est bonne. Pour votre coup d'essai, vous avez mis la main sur l'ennemi le plus redoutable des arbres.

JULES. — On l'appelle ?

PAUL. — On l'appelle *cossus gâte-bois*. C'est la chenille d'un gros papillon que je vous montrerai tout-à-l'heure.

Comme la chenille de la zeuzère, au sortir de l'œuf, elle se creuse un domicile dans le bois, qu'elle troue de larges et profondes galeries en rapport avec sa taille. Les ormes, les saules, les chênes, les peupliers, les platanes sont les arbres qu'elle préfère. Elle vit trois ans ; aussi quand un arbre recèle plusieurs de ces terribles chenilles est-il difficile qu'il résiste à leurs ravages si longtemps prolongés. Le nom de gâte-bois n'est que trop mérité ; je suis sûr que l'orme où vous avez pris la bête est un arbre perdu.

JULES. — Je le crois bien. Il n'a pas mon plein chapeau de feuilles, et encore sont-elles jaunes. Sous l'écorce, tout est vermoulu.

PAUL. — Le cossus est d'autant plus redoutable que nous avons peu de moyens d'en défendre les arbres. La première année, quand la chenille encore jeune ronge la couche superficielle du bois, on soulève l'écorce d'où s'échappe de la vermoulure et l'on atteint sans peine l'ennemi ; mais plus tard, quand la chenille s'est enfoncée dans les profondeurs du tronc, il est impossible de l'en déloger. Pour diminuer au moins la détestable engeance, le moyen le plus efficace est de faire la guerre au papillon, qui apparaît en juillet et s'accroche au tronc des arbres où la chenille a vécu. Vous voyez alors combien il importe de connaître ce papillon, pour le détruire toutes les fois que l'occasion s'en présente et lui faire même expressément la chasse en temps opportun.

ÉMILE. — La chenille que nous avons apportée est bien grosse, et pourtant je l'ai trouvée sous l'écorce et non dans l'épaisseur du bois, que le couteau de Louis n'aurait pu atteindre.

PAUL. — Cette chenille venait de l'intérieur du tronc, elle s'était rapprochée de l'écorce pour creuser la fameuse fenêtre, vous savez, cette fenêtre par où le papillon s'envole. La chenille du cossus fait comme celle de la zeuzère. Quand elle sent venir le moment de la métamorphose, elle se hâte de prolonger sa galerie jusqu'à l'extérieur du tronc pour que le papillon trouve un chemin ouvert ; puis elle rentre dans les profondeurs du couloir où elle peut en sûreté dépouiller sa peau de chenille et devenir chrysalide sans filer un cocon. La chrysalide est armée de piquants dirigés en arrière. Quand elle remue dans son canal, les piquants prennent appui sur le bois et la font avancer peu à peu. C'est de la sorte qu'à ses derniers mo-

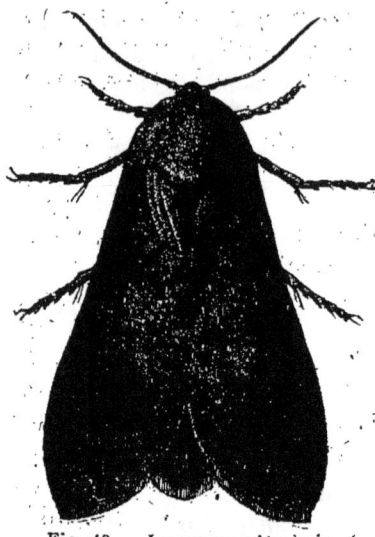

Fig. 12. — Le cossus gâte-bois.

ments, elle remonte de l'intérieur du bois à la fenêtre ouverte, et sort à demi de l'arbre. Alors elle s'ouvre et le papillon se dégage.

Jules alla chercher dans la chambre de l'oncle la boîte à insectes, et Paul montra aux enfants le papillon que voici.

PAUL. — C'est en ce papillon que se change la chenille que vous avez apportée. Il est lourd, gros, ventru, d'un gris cendré, avec les ailes mouchetées de nombreuses rayures noirâtres. Il mesure bien près d'un décimètre d'un bout à l'autre des ailes étendues.

X. — Les coléoptères.

Le cossus remis dans la boîte, Jules sortit de ses poches des morceaux d'écorce et de bois dont les curieux sillons disposés avec un certain art avaient attiré son attention.

JULES. — Et ceci ?

PAUL. — Encore une excellente trouvaille. Les rainures dont ces morceaux de bois sont gravés ont été creusées par la larve d'un petit scarabée qu'on appelle scolyte. Auriez-vous trouvé l'insecte; c'est maintenant à peu près la fin de ses métamorphoses et l'époque de son apparition car nous voici au mois de mai.

JULES. — C'est peut-être le scarabée que j'ai mis dans cette boîte. Il y en avait qui montraient la tête par un petit trou rond percé dans l'écorce de l'orme.

Jules ouvrit la boîte où se démenaient les captifs.

PAUL. — C'est lui, c'est le *scolyte destructeur*, l'ennemi acharné des ormes malades. Examinons la bestiole en détail; elle en vaut la peine. Mais d'abord apprenons quelques expressions qui nous seront très-commodes pour abréger. Vous savez tous comment est fait le hanneton.

ÉMILE. — Le hanneton, qui, la patte retenue par un fil, compte ses écus au soleil et part quand je lui chante vole, vole?

PAUL. — Lui-même. Son corps est divisé en trois parties. D'abord la tête, qui porte deux élégantes cornes ou *antennes* terminées par des feuillets qui s'étalent en éventail. La partie qui vient après est généralement noire, comme la tête, quelquefois brune et toujours revêtue

Fig. 13. — Le hanneton.

d'un duvet cendré. Elle porte en dessous la première paire de pattes. Cette partie s'appelle *corselet*. Ce qui vient ensuite est *l'abdomen* ou le ventre, recouvert par deux grandes écailles d'un brun rougeâtre.

LOUIS. — Ce tout petit demi rond noir qui se trouve en arrière du corselet, juste au commencement de la ligne de séparation des ailes?

PAUL. — Il se nomme *écusson*.

ÉMILE. — Et toutes les parties d'une petite bête ont, comme cela, un nom?

PAUL. — Il le faut bien si l'on veut se reconnaître un peu. Le hanneton a deux paires d'ailes, se recouvrant

2

l'une l'autre. La paire extérieure forme les deux grandes écailles rougeâtres qui en dessus abritent le ventre. Ce sont les *élytres*. En dessous des élytres se trouvent les véritables ailes, celles qui servent au vol. Elles sont fines, membraneuses et délicatement repliées en deux quand l'insecte n'en fait pas usage Les élytres, de consistance dure, leur servent d'étui, de fourreau, pour qu'elles ne se déchirent pas.

JULES. — J'ai souvent remarqué avec quel soin, lorsqu'il se pose, le hanneton replie ses ailes et les rentre sous les élytres.

ÉMILE. — Lorsqu'il compte ses écus, au moment de prendre le vol, le hanneton soulève un peu les élytres ; les ailes sortent, s'étalent et voilà la bête partie.

PAUL. — Une foule d'insectes ont pareillement deux paires d'ailes, dont l'inférieure seule est de structure membraneuse et sert au vol, tandis que l'autre est dure, de la consistance de la corne, et forme une espèce de cuirasse. Dans le langage vulgaire, ces insectes se nomment scarabées, et *coléoptères* dans le langage des savants. Le mot coléoptère signifie ailes en étui ; il fait allusion aux ailes dures ou élytres qui servent d'étui aux ailes membraneuses, les seules aptes au vol.

JULES. — Alors le capricorne est un coléoptère.

ÉMILE. — Et le cerf-volant aussi. Une épingle a de la peine à percer ses élytres, tant elles sont dures. Voilà une fameuse cuirasse pour défendre les fines ailes qu'il y a dessous.

LOUIS. — La jardinière en est une autre. Ses élytres sont vertes et reluisent comme de l'or.

PAUL. — Tous ces insectes sont bien des coléoptères, seulement la jardinière n'a pas d'ailes membraneuses sous les élytres. Elle court rapidement, mais elle ne vole jamais. Divers autres coléoptères sont dans le même cas, leurs élytres protègent le ventre sans abriter des ailes propres au vol. Pourvus ou dépourvus d'ailes membraneuses, les coléoptères se reconnaissent toujours à la cuirasse de leurs élytres. Volontiers, on les appellerait les insectes cuirassés, d'autant plus que tout le corps est défendu par une peau résistante, souvent d'aspect métallique. On dirait une espèce d'armure qui les revêt de pied en cap.

JULES. — Pour sûr, le papillon n'est pas un coléoptère, lui si délicat.

PAUL. — Comme le hanneton, les papillons ont quatre ailes; mais toutes les quatre ont même finesse et servent également au vol. En outre, ces ailes sont recouvertes d'une sorte de poussière qui s'attache aux doigts quand on les touche. Vous savez avec quel ordre merveilleux les écailles argentées sont disposées sur la peau des poissons. Eh bien, la poussière des papillons est formée de fines écailles de toute forme, de toute couleur, arrangées sur les ailes avec un art semblable. Pour rappeler cette structure, les savants donnent aux papillons le nom de *lépidoptères*, qui veut dire ailes écailleuses.

JULES. — Tous les papillons alors sont des lépidoptères?

PAUL. — Parfaitement. Quand vous trouverez cette expression dans les livres, rappelez-vous qu'elle désigne les papillons.

XI. — Les scolytes.

PAUL. — Maintenant revenons aux scolytes trouvés sous l'écorce de l'orme. Ce sont des coléoptères. La tête est noire avec un peu de duvet gris au milieu. Le corselet est grand, presque de la moitié de la longueur du corps; sa couleur est d'un noir luisant. Les élytres sont d'un roux marron ainsi que les pattes. Elles abritent des ailes membraneuses très-légèrement noircies. Les scolytes se reconnaissent surtout à la façon dont le corps est conformé en arrière. Les élytres se terminent carrément et le ventre est taillé d'une manière oblique et rentrante.

L'oncle montrait toutes ces choses sur l'insecte, qu'il avait transpercé, par le milieu de l'élytre droite, d'une longue et fine épingle pour le manier et l'observer commodément. L'épingle portant l'insecte était plantée sur un bouchon.

JULES. — Le scolyte est bien petit pour faire du mal à des arbres aussi forts que l'orme.

PAUL. — Oui, il est petit, bien petit; d'un bout du corps à l'autre on compte quelque chose comme six millimètres. Mais ce sont précisément les petits destructeurs qui sont les plus à craindre parce qu'ils sont très-nombreux et qu'ils échappent à nos regards peu attentifs. C'est presque toujours à notre insu qu'ils exercent leurs ravages. Quand le mal est fait, on s'en aperçoit; alors il est trop tard. Que peut ronger un scolyte en sa vie? Peut-être un morceau de bois gros comme une cerise. Le mal n'est rien pour un orme. Que voulez-vous que lui fassent quelques bouchées de la bestiole, à lui si grand, si fort! Mais supposez des mille et des mille et puis encore des mille scolytes, et bouchée par bouchée du tout petit scarabée, le gros arbre y passera.

D'ailleurs les scolytes ne s'établissent pas indifféremment dans toutes les parties du tronc, comme le font les cossus et les zeuzères; ce sont de fins connaisseurs qui préfèrent le bois jeune, tendre, plein de suc, au bois vieux, sec, coriace. Il faut vous dire que dans nos arbres, il se forme chaque année, immédiatement au-dessous de l'écorce, une nouvelle couche de bois qui enveloppe l'ensemble des couches des années précédentes. Au cœur du tronc est le bois vieux, qui peut dans bien des cas sans inconvénient disparaître, car il sert uniquement de support à l'arbre sans remplir de rôle dans le travail de la vie; témoins ces vieux saules caverneux, dont l'intérieur est tombé en pourriture, ravagé par les ans et les insectes, et qui cependant sont pleins de vigueur et couverts d'une abondante ramée. A la surface est le bois jeune et vivant, le bois en voie de se former; là suinte la sève, qui est pour l'arbre ce que le sang est pour nous, c'est-à-dire le liquide nourricier d'où proviennent toutes choses.

Eh bien, c'est dans l'écorce, dans la sève visqueuse, au contact du bois jeune que s'établissent les scolytes, jamais ailleurs. Que deviendrions-nous hélas ! si des myriades de mangeurs envahissaient nos veines, et se

nourrissaient de notre sang ! Fatalement nous péririons,
sans remède possible, comme périt l'orme dont la couche
tendre, abreuvée de sève, est labourée par les scolytes.
Voyons à l'œuvre le terrible scarabée.

En mai, la femelle, armée de solides mandibules, s'enfouit dans l'écorce ; puis, arrivée au bois, elle change
brusquement de direction
et creuse une galerie cylindrique de la grosseur de
son corps. C'est le canal que
vous voyez ici au milieu des
nombreuses ramifications
qui en partent. A mesure
que le travail avance, elle
pratique à droite et à gauche du couloir, à des distances égales, de petites entailles dans chacune des-
quelles elle dépose un œuf.
La ponte achevée, elle sort
à reculons par le trou qui
lui a servi d'entrée. Et c'est
fini, le vivre et le couvert
sont assurés à la famille du
scolyte.

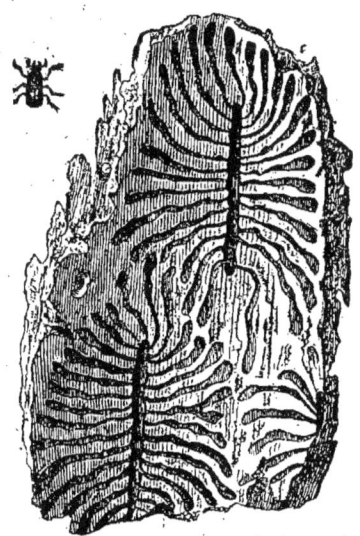

Fig. 14. — Scolyte et ses galeries sculptées entre le bois et l'écorce.

Les œufs éclosent peu de jours après. Les jeunes larves
se mettent à ronger, toujours entre le bois et l'écorce, et
en s'éloignant peu à peu de la galerie centrale où elles
sont nées. Chacune se creuse ainsi une galerie, d'abord
très-étroite, tout juste suffisante au passage du petit vermisseau, puis de plus en plus large à mesure que la larve
grandit.

JULES. — Voilà pourquoi les galeries latérales vont en
s'élargissant à mesure qu'elles s'éloignent du canal percé
par la mère?

PAUL. — Précisément. Remarquez, mes enfants, une
chose: ces galeries latérales ne se rencontrent jamais, ne
se croisent pas l'une l'autre; et pourtant les vers tra-

vaillent dans l'obscurité, ils ne se sont jamais entendus avec leurs voisins de droite et de gauche, ils ne savent pas même qu'ils ont des voisins dont les excavations et les leurs pourraient se rencontrer.

ÉMILE. — Et qu'arriverait-il si deux galeries se croisaient ?

PAUL. — Une des larves périrait, peut-être toutes les deux. Les larves sont très-peu scrupuleuses entre elles ; leur métier est de manger: elles le font vaillamment sans se préoccuper de rien, pas même de leurs pareilles. La larve la plus forte rongerait la plus faible, sans plus de façon qu'un simple morceau de bois, et lui passerait à travers le corps pour continuer sa galerie.

ÉMILE. — Je comprends qu'elles veillent à ne pas se rencontrer.

PAUL. — Elles n'y veillent pas ; cela se fait tout seul. Pour nous guider sous terre et creuser les galeries des mines dans les directions voulues, il nous faut de savants calculs, la géométrie, la boussole. Pour garder leurs alignements respectifs, sans y voir, sans connaître les travaux des voisines, les larves ont l'instinct, qui leur tient lieu de géométrie, de calculs et de boussole.

JULES. — Comment est-elle, la larve du scolyte?

PAUL. — C'est un vermisseau blanc, grassouillet, ramassé sur lui-même. Il attaque le bois avec ses mandibules. Au reste en voici un.

L'oncle venait de casser quelque morceaux d'écorce et avait trouvé dans leur épaisseur la larve du scolyte ainsi que la nymphe.

ÉMILE. — Voyez comme les petites pattes et les ailes de la nymphe sont gentiment arrangées sous le ventre. On dirait que la bête est au maillot. Tout est d'un blanc de lait, excepté les pattes qui ressemblent à du verre. Oh! la jolie petite nymphe! Elle ne bouge pas du tout, crainte peut-être de se faire du mal. Elle est si tendre !

PAUL. — Dans quelques jours, elle se démènera si bien que la peau se fendra, et de cette espèce de maillot sortira l'insecte parfait, non avec ses couleurs, mais blanc.

Puis, peu à peu, le corselet deviendra noir et les élytres prendront leur teinte marron. Cela se fait au mois de mai, juste un an après l'éclosion des œufs. L'insecte perce avec ses mandibules la mince couche d'écorce que la larve a laissée intacte, et s'envole pour revenir bientôt à l'arbre pondre ses œufs.

JULES. — Voilà pourquoi l'écorce de l'orme était percée d'une foule de petits trous ronds comme en ferait une fine vrille. Les insectes parfaits avaient déménagé pour la plupart.

PAUL. — C'est cela même. Les scolytes n'attaquent pas les arbres sains et vigoureux; il leur faut une sève maladive, du bois un peu mortifié. Quand donc un orme dépérit de vieillesse, de blessures, de sécheresse ou pour tout autre motif, les scolytes accourent et achèvent le moribond. Très-probablement les cossus, dont vous avez trouvé la chenille, sont la cause première, la cause véritable de la mort de l'orme. Les scolytes sont venus plus tard leur prêter main forte dans le travail de destruction. Le remède, si toutefois il est encore applicable, consiste donc à combattre les causes qui rendent l'arbre souffrant. Si le dépérissement vient de la sécheresse, on pratique un copieux arrosage après avoir ameubli le sol par un labour profond; s'il résulte d'un défaut de nourriture, autour de l'arbre on remplace la terre épuisée par de la terre neuve et des engrais; si les cossus ou autres chenilles ont envahi le tronc mais non profondément, on leur fait la chasse en soulevant l'écorce aux points attaqués. Quand la santé revient et que la sève n'est plus dans l'état d'altération convenable à leurs goûts, les scolytes se retirent ou périssent, car leur métier n'est pas de manger les vivants mais bien les moribonds.

On trouve des scolytes sur l'orme et sur le chêne. On en trouve aussi dans les écorces des vieux arbres fruitiers malades, notamment du prunier, du cerisier, de l'abricotier, du poirier, du pommier. Dans tous les cas, les soins à prendre sont les mêmes.

XII. — Le grenier.

Simon, le père du petit Louis, n'était pas content, se dit-on. Il avait dans son grenier un magnifique tas de froment, qu'il se proposait de vendre à la prochaine foire. A 22 fr. l'hectolitre, cela lui faisait un beau sac d'écus. Mais il comptait sans la vermine. En visitant son blé, il finit un jour par s'apercevoir du dégât. Beaucoup de grains, la moitié peut-être, n'avaient plus que le son, On les écrasait rien qu'en les pressant un peu entre les doigts, et il en sortait une bestiole noire qui avait mangé toute la partie farineuse. Le père Simon se serait arraché les cheveux de chagrin.

Cependant le petit Louis avait répété chez lui ce que racontait maître Paul, il venait même de prononcer les mots de larve, de nymphe, de métamorphose, mots étranges pour des oreilles novices. La mère Simon, qui filait sa quenouille au coin de la fenêtre, avait éclaté de rire en entendant le babillage de l'enfant. « La belle occupation, disait-elle, que de regarder les petites bêtes et de s'informer de ce qu'elles font. Se peut-il qu'un homme de bon sens, comme maître Paul, s'occupe de ces niaiseries. Que je t y voie gratter sous les écorces pour dénicher des vers ! Étudie le catéchisme, fainéant, et laisse les chenilles. »

Petit Louis baissait la tête, regrettant le mot métamorphose, qui sans doute venait de lui attirer la semonce. C'est alors que le père Simon descendit du grenier ; par la trappe, il avait tout entendu.

« Des niaiseries, une vermine qui nous mange la récolte ! »

« Quelle récolte ? » fit la mère Simon.

« La nôtre. »

« Dans le grenier ? »

« Dans le grenier. Nous sommes ruinés si maître Paul n'y sait pas de remède. »

Simon sortit avec une poignée de son froment. La mère

alla voir le blé du grenier. Le tas était noirci par des milliers et des milliers de bestioles grouillantes. Elle revint la figure bouleversée, et reprit la quenouille au coin de la fenêtre ; mais le fuseau tournait moins vite, bien moins vite. On dit que jamais depuis la mère Simon ne fit de réprimande à son fils quand elle le voyait observer quelque insecte ; elle avait compris que ce n'est pas un temps perdu.

Toc, toc !.... C'est le père Simon qui heurte à la porte de maître Paul. Comme il lui tarde de savoir s'il pourra sauver le reste de sa récolte ! Heureusement, l'oncle est chez lui.

SIMON. — Bonjour, maître Paul. Je suis bien en peine.

PAUL. — Je le reconnais à votre figure. En quoi puis-je vous être utile ?

SIMON. — Voyez.

Le brave homme ouvrit sa main pleine de blé et de petits scarabées noirs. Un coup d'œil suffit à l'oncle pour reconnaître l'ennemi.

PAUL. — Les charançons vous ont dévasté le grenier.

SIMON. — Il a plu dans le grenier apparemment ; le blé mouillé s'est échauffé, a fermenté, et de la pourriture est venue une quantité de vermine qui me mange le grain.

L'oncle hocha légèrement la tête comme pour dire ce n'est pas ça. Jules s'en aperçut.

PAUL. — Et vous voulez sauver le grain encore bon.

SIMON. — Oui, si c'est possible.

PAUL. — C'est possible ; je m'en charge.

SIMON. — Vous me rendrez un fier service. Je le disais bien que vous me tireriez de peine, vous qui savez tant de choses. Nous, pauvres ignorants, quand un malheur nous arrive, nous maugréons au lieu d'agir.

PAUL. — Avez-vous quelques tonneaux, un peu grands, qui ne vous servent pas ?

SIMON. — J'en ai.

PAUL. — C'est tout ce qu'il faut ; le reste me regarde. Demain j'enverrai chercher à la ville de quoi défendre votre blé.

SIMON. — Encore un service, maître Paul, plus grand que le premier. Mon voisin, Jean le borgne, dit bien que les fils ne doivent pas en savoir plus long que les pères, qu'ils ne doivent pas mettre le nez dans des livres plus qu'on ne le faisait en notre temps. Je le laisse dire ; les choses marchent et m'est avis que nous devons marcher avec elles au lieu de nous attarder dans l'ornière. S'il plaît à Dieu, mon fils Louis saura un jour ce qu'on ne m'a pas enseigné à moi-même. Lui permettez-vous de venir quelquefois quand vous racontez à vos neveux l'histoire des ravageurs, comme vous les appelez ?

PAUL. — Très-volontiers. Louis est un brave garçon, bien ami avec Jules.

Le père Simon revint chez lui presque consolé de son blé dévasté.

XIII. — Origine des insectes.

Simon parti, Jules dit à l'oncle : « Je vous ai vu désapprouver Simon quand il disait que la vermine du blé était née de la fermentation et de la pourriture. Ce n'est donc pas vrai ce qu'il avançait là ? »

PAUL. — Non, mon ami : la vie vient de la vie et jamais de la pourriture.

JULES. — Il fallait le dire à Simon pour le tirer d'erreur. Comme malgré vous, vous avez fait un léger signe de dénégation que j'ai seul aperçu.

PAUL. — Si j'ai désapprouvé ce n'était qu'un mouvement involontaire de révolte contre l'erreur. Il faut compâtir aux chagrins des gens en peine et non discuter. Vous comprenez bien que le moment eût été fort mal choisi d'attaquer les préjugés du père Simon. Le plus pressé était de songer au blé. Mais entre nous rien n'empêche de revenir sur cet important sujet.

ÉMILE. — Sur les prétendus vers nés de la pourriture ?

PAUL. — Oui. C'est là une erreur vieille comme le monde. Elle est encore très-répandue aujourd'hui, mais dans les temps anciens elle l'était bien davantage. Les gens les plus instruits admettaient comme certain que la boue, la poussière, les matières décomposées, les ordures procréent des animaux, même d'assez grande taille, les rats par exemple, les grenouilles, les anguilles, les couleuvres et bien d'autres. Si les savants de l'antiquité nous affirment dans leurs ouvrages des erreurs aussi grossières, figurez-vous les croyances des gens sans instruction.

JULES. — Ces savants ignoraient donc que les grenouilles viennent des têtards, lesquels naissent des œufs pondus par d'autres grenouilles ?

PAUL. — Ils l'ignoraient.

ÉMILE. — Ils n'avaient qu'à regarder dans une mare.

PAUL. — Ils ne savaient pas regarder. En ces vieux temps, on raisonnait beaucoup, beaucoup trop car parfois on déraisonnait ; mais rarement s'avisait-on d'examiner ce qui est réalité. La patiente observation, mère des sciences, leur était inconnue. Ils disaient c'est cela avant d'avoir vu ; de nos jours, on voit avant de dire c'est cela. Par ce renversement de méthode, l'esprit scientifique est parvenu, dans l'intervalle d'un siècle à peine, au degré de puissance qui nous émerveille aujourd'hui de ses prodiges. C'est l'observation qui nous a donné le moyen de nous défendre de la foudre avec le paratonnerre, de franchir en peu de temps des distances énormes avec le secours de la vapeur qui fait mouvoir les locomotives des chemins de fer, de transmettre en un instant la pensée d'un bout du monde à l'autre avec le télégraphe électrique. La vérité s'acquiert par l'observation ; l'homme ne l'invente pas, il doit la chercher péniblement, trop heureux encore quand il la trouve. Aussi l'antiquité, qui, dans son impatience, croyait atteindre la vérité du premier bond, par le seul élan de l'intelligence, est-elle tombée dans d'étranges bévues, dites parfois il est vrai dans un magnifique langage. Pourquoi ne vous en citerai-je pas un exemple.

Il y a dix huit siècles, vivait à Rome un poète célèbre de nom Virgile. Ses écrits en latin, la grande langue d'alors, sont un précieux modèle dans l'art de bien dire. Virgile était doux et timide ; jeune, il aidait son père à

greffer des poiriers. Il aimait les champs, il aimait à chanter en magnifiques vers les prés et les troupeaux, les bois
et les moissons. Dans un poëme sur les travaux des champs,
il nous raconte qu'un berger perdit ses essaims d'abeilles.
Un Dieu console l'affligé et lui apprend la manière d'en
faire naître d'autres. Voici la méthode, dans une pâle tra-
duction.

> Mais, si de tes essaims, tout l'espoir est détruit,
> Apprends par quels secrets ce peuple est reproduit.
> . . . .
> Ce mystère d'abord veut des réduits secrets.
> Il te faut donc choisir et préparer exprès
> Un lieu dont la surface, étroitement bornée,
> Soit enceinte de murs et d'un toit couronnée,
> Et que des quatre points qui divisent le jour,
> Une oblique clarté se glisse en ce séjour.
> Là, conduis un taureau dont les cornes naissantes,
> Commencent à courber leurs pointes menaçantes;
> Qu'on l'étouffe malgré ses efforts impuisants,
> Et, sans les déchirer, qu'on meurtrisse ses flancs.
> Il expire. On le laisse en cette enceinte obscure,
> Embaumé de lavande, entouré de verdure.
> Choisis pour l'immoler le temps où des ruisseaux,
> Déjà les doux zéphirs font frissonner les eaux,
> Avant que sous nos toits voltige l'hirondelle,
> Et que des prés fleuris l'émail se renouvelle.
> Les humeurs cependant fermentent dans son sein,
> O surprise ! ô merveille ! un innombrable essaim,
> Dans ses flancs échauffés tout-à-coup vient d'éclore :
> Sur ses pieds mal formés l'insecte rampe encore ;
> Sur des ailes bientôt il s'élève en tremblant ;
> Plus vigoureux enfin, le bataillon volant,
> S'élance. . . . .

Dépouillé des longueurs et des pompeux ornements de
la poésie, cela signifie que, pour faire naître un essaim
d'abeilles, il faut assommer un taureau et le laisser se
corrompre. De la charogne infecte, un essaim doit sortir.

Jules. — La singulière idée! Les abeilles naissent du couvain de la ruche, des œufs pondus par d'autres abeilles.

Paul. — Il n'est pas difficile de démêler la cause de l'erreur, je ne dis pas de Virgile, car évidemment le poète n'est ici que l'écho des préjugés de son temps, mais bien de ceux qui les premiers crurent voir un essaim d'abeilles s'engendrer dans un cadavre en putréfaction. Diverses mouches pondent leurs œufs sur les chairs corrompues. Bientôt ces œufs se développent en larves, en vers âpres à la curée, qui rongent, fouillent le cadavre et se transforment enfin en mouches. L'une des plus répandues de ces espèces vouées au travail de l'assainissement général, est l'*Éristale*, dont la larve n'est autre que l'immonde *asticot*, ce ver replet que termine une queue effilée.

Jules. — J'ai vu de ces vers à queue dans le purin du fumier, dans la pourriture d'un chat mort.

Paul. — La queue qui termine l'asticot peut s'allonger au gré de l'animal; en outre elle est trouée au bout d'un orifice par où pénètre l'air nécessaire à la respiration. Le ver plonge dans l'ordure la tête en bas, mais il maintient au dehors, en rapport avec l'air, son orifice respiratoire. C'est ainsi qu'il peut séjourner impunément dans les milieux mortels où il est destiné à vivre, sanie des chairs décomposés, purées infectes des égouts et des fumiers.

Or l'Éristale, parvenue à l'état parfait, change de régime et butine sur les fleurs. C'est alors une belle mouche, de la taille, de l'aspect, de la couleur rousse de l'abeille. A moins d'un examen attentif, facilement on s'y laisse prendre : l'insecte de la pourriture est confondu avec celui de la ruche.

Jules. — Cette mouche, je crois la connaître. Je la vois tous les jours dans le jardin. Elle ressemble tellement à l'abeille, qu'on hésite à la prendre, crainte d'être piqué. J'ai fini par la distinguer en remarquant qu'elle a simplement deux ailes tandis que l'abeille en a quatre. Elle ne pique pas. Bien qu'elle se tienne sur les fleurs, elle ne recueille pas de quoi faire du miel; elle n'a jamais aux pattes de derrière la pelotte de matière jaune que l'abeille récolte.

PAUL. — Ces observations sont très-justes; c'est bien l'Éristale. Vous savez ce que Virgile ne savait pas.

JULES. — Si je le sais, je le dois à l'oncle Paul; et Virgile apparemment n'avait pas d'oncle Paul.

PAUL. — Ni lui, ni bien d'autres. Aujourd'hui même, combien en manquent! J'entends par là que bien peu reçoivent cette éducation forte qui fait juger des choses par l'expérience, l'observation et la saine raison. On s'en rapporte aux plus grossières apparences, on répète les préjugés reçus. C'est moins pénible et plus tôt fait. Avec l'âge, mon cher enfant, vous apprendrez que de sottises ont cours dans le monde parce qu'on ne veut pas se donner la peine de réfléchir et de voir, de ses propres yeux voir. Que manquait-il au crédule Virgile pour ne pas faire à un Dieu l'injure d'une sotte invention ?. Une bagatelle, un rien : se baisser et regarder. Il aurait vu ce qui n'a pas échappé à un enfant, il aurait vu qu'un éristale n'est pas une abeille.

L'erreur est si tenace que dix-sept siècles après Virgile, personne encore n'avait élevé de doute sur la croyance insensée de la génération des vers par la pourriture. Un savant italien, Redi, retenez bien ce nom, mes enfants, il fait date dans l'histoire des progrès de la raison humaine; un savant italien mit enfin à néant l'antique préjugé par une expérience aussi simple que concluante. Il recouvrit d'une gaze des viandes en voie de putréfaction, des fromages sur le point de se corrompre, et autres matières auxquelles on attribuait la génération des vers. Attirées par l'odeur, des mouches ne tardèrent pas à venir voltiger autour des subtances putrides et à déposer leurs œufs sur la gaze même, dans les points les plus rapprochés de la viande et du fromage qu'elles ne pouvaient atteindre ; mais dans aucun cas, malgré la décomposition la plus avancée, des vers ne se développèrent dans ces matières corrompues qui n'avaient pas reçu des œufs. Il fut dès lors évident, pour tous les bons esprits, que les vers ou larves d'insectes naissent des œufs pondus par des insectes semblables, et non de la pourriture.

ÉMILE. — Voilà pourquoi mère Ambroisine met les provisions dans une cage faite d'une fine toile métallique?

PAUL. — Oui, mon enfant : mère Ambroisine, qui ne s'en doute guère, fait comme le savant Redi ; elle empêche les mouches d'aller gâter la viande en y pondant leurs œufs.

Redi eut des successeurs dans la voie qu'il venait d'ouvrir avec tant de lucide simplicité. On prit sur le fait le moucheron qui dépose dans les cerises l'œuf d'où provient le ver connu de tous; on reconnut que les fruits véreux doivent les habitants qui les rongent non à la corruption mais à des germes déposés là par des insectes divers; on s'assura que les poux ne viennent pas de la chair, ni les puces des ordures en fermentation; on prouva, clair comme eau de roche, que les grenouilles ne sont pas engendrées par la boue des marais mais qu'elles naissent d'œufs pondus par d'autres grenouilles; on releva les mille erreurs de ce genre si bien qu'il ne reste plus l'ombre d'un doute sur la manière dont se procrée la moindre vermine. Partout où vous trouverez des vers, des larves, des chenilles, des insectes, souvenez-vous que d'autres insectes sont venus là déposer leurs œufs. Toujours la vie est l'œuvre de la vie.

XIV. — Le charançon du blé.

L'oncle avait envoyé son vieux serviteur Jacques à la ville acheter la drogue nécessaire pour le traitement qu'il devait faire subir au blé du père Simon. En attendant, il raconta l'histoire du mangeur du blé. La poignée de grain laissée par Simon était sur la table dans une assiette. Les petits scarabées trottinaient de leur mieux pour s'échapper; Émile, avec un brin de paille, les ramenait au centre de l'assiette, où ils se blottissaient parmi les grains. Louis était venu, il était tout oreilles.

PAUL. — Ce ravageur des greniers se nomme *charançon du blé* ou *calandre*. C'est un coléoptère. Il est cuirassé d'une enveloppe dure et brune finement gravée. Sous les élytres, il n'a pas d'ailes membraneuses. Il ne peut donc

Fig. 15. — Le charançon du blé ou calandre.

1. Grain de blé rongé par la larve de la calandre; 2. Calandre, grandeur naturelle; 3. Calandre, très-grossie.

voler, mais il trotte assez bien et se cramponne fortement. Vous voyez qu'Émile, avec son bout de paille, a de l'occupation pour empêcher les prisonniers de s'évader. La calandre a 4 millimètres de longueur environ. Tout son corps est d'un brun noir. Sa tête se termine par un long museau, par une espèce de fine trompe. Le corselet est long, gravé de points ; les élytres sont sculptées de sillons. Son caractère le plus frappant est le museau allongé en trompe.

JULES. — Il me semble avoir vu d'autres coléoptères, assez gros même, dont la tête se termine par une trompe semblable.

LOUIS. — Moi j'en ai trouvé, sur les noisetiers, dont le bec très-long et menu ferait croire que l'insecte fume dans une longue pipe.

PAUL. — Les coléoptères à trompe sont fort nombreux, en effet. Ils portent tous le nom de charançon, mais leur manière de vivre varie d'une espèce à l'autre. Quelques-uns s'attaquent aux arbres fruitiers, à la vigne. Nous en causerons un jour.

Avec son museau pointu, la calandre entame légèrement un grain de blé, et dans l'entaille elle dépose un œuf, qu'elle fixe au moyen d'une humeur visqueuse. Elle passe ensuite à d'autres grains qu'elle traite de la même manière jusqu'à ce que sa provision d'œufs soit épuisée. C'est fait si délicatement que la meilleure vue ne découvrirait rien sur les blés infestés de ces redoutables germes. Cependant la calandre sait très-bien quand un grain a déjà reçu un œuf, soit d'elle-même soit d'une autre, et jamais elle ne commet l'imprudence de lui en confier un second, car le grain est trop petit pour deux mangeurs. A chaque grain sa larve, à chaque larve son grain, pas plus.

Bientôt les œufs éclosent. Le tout petit ver perce l'enveloppe du grain et s'introduit dans la partie farineuse par un trou presque invisible. Là, il est chez lui, bien tranquille, paisiblement livré aux douceurs de la bombance. Et quelle bombance ! A lui seul un grain de blé, tout un grain de blé ! Aussi devient-il gros et gras. En cinq à six semaines, la farine est achevée, mais le son reste car l'adroite larve se garde bien de l'entamer ; elle en a besoin pour lui servir de berceau pendant la métamorphose. Le grain rongé paraît tout intact alors qu'il est creux et loge un charançon. Dans cette cachette, la larve devient nymphe, et celle-ci insecte parfait. La calandre déchire alors l'enveloppe du son et quitte sa demeure pour explorer le tas de blé, choisir les grains non rongés et leur confier ses œufs, qui doivent donner une nouvelle population de ravageurs.

L'oncle tria quelques grains un à un et les mit sous les yeux des enfants.

Paul. — Que voyez-vous de particulier dans ces grains ? Regardez bien.

Émile. — J'ai beau regarder, je n'aperçois rien. Ces grains ne diffèrent pas des autres.

Jules. — Je ne vois rien non plus.

Louis. — Et moi pas davantage.

Paul. — Ces grains, mes petits amis, n'ont plus de farine malgré leurs belles apparences extérieures ; le charançon les a vidés.

Jules. — Et comment les reconnaissez-vous ?

Paul. — Les grains habités par la calandre fléchissent sous la pression des doigts ; en outre, ils sont plus légers que les autres. La vue seule ne peut distinguer les grains attaqués des grains intacts puisque l'enveloppe, scrupuleusement respectée par la larve, a dans les deux cas les mêmes apparences. Aussi, à moins d'une surveillance attentive, les dégâts des charançons passent inaperçus jusqu'au moment où se montrent les insectes parfaits ; mais alors le mal est sans remède. Simon ne croyait-il pas avoir un superbe tas de froment alors qu'il ne lui

restait plus guère que le son. Un moyen bien simple
permet de reconnaître en quel état est le blé. On en
jette une poignée dans de l'eau. Tout ce qui est sain
descend au fond, tout ce qui est attaqué surnage. Nous
allons faire cette expérience avec le blé de l'assiette si
Jules veut aller à la fontaine chercher un verre d'eau.

L'eau fut apportée et l'oncle y jeta le blé. Quelques
grains descendirent, beaucoup surnagèrent. On ouvrit
ceux-ci avec la pointe d'une épingle. Dans les uns, il y
avait un petit ver blanc, mou, sans pattes, armé de fortes
mandibules. C'était la larve de la calandre. Dans les autres
il y avait une nymphe blanche ; dans quelques-uns enfin
se trouvait l'insecte parfait, prêt à quitter son gîte.

JULES. — D'après le nombre de grains qui ont surnagé,
le tas de blé de Simon doit contenir des millions de calandres, pour peu qu'il soit grand. Il doit bien falloir de
charançons pour produire cette immense famille ?

PAUL. — Pas autant que vous pourriez le croire. Combien supposez-vous qu'un charançon produise d'œufs ?

JULES. — Une douzaine peut-être.

PAUL. — Ah ! que vous êtes loin de compte ! Dans le
courant d'une saison, un charançon produit de 8000 à
10000 œufs, d'où proviennent autant de larves, rongeant
chacune un grain. La capacité d'un litre contient en
moyenne 10000 grains de blé. Pour alimenter la famille
issue d'un charançon, il faut donc à peu près un litre de
froment. Supposez un millier de couples de ces insectes
dans un grenier, et c'est assez pour détruire dix hectolitres de froment, de seigle, d'orge, d'avoine, car tout
grain leur convient.

XV. — Le sulfure de carbone.

Jacques cependant était revenu de la ville avec une
bouteille bouchée et cachetée avec le plus grand soin.
« Voici, dit l'oncle, de quoi mettre fin aux ravages des
calandres dans le grenier du père Simon. »

JULES. — Le contenu de cette bouteille ?

PAUL. — Oui.

ÉMILE. — Cela ressemble à de l'eau claire.

PAUL. — Tout à l'heure vous serez d'un autre avis. Revenons un moment aux charançons. Le moyen le plus employé pour prévenir leurs ravages, est de remuer fréquemment le tas de blé, de le pelleter de fond en comble. Les charançons, amis du repos, décampent au plus vite. Les écraser sous le pied pendant qu'ils déménagent, n'est guère praticable : il y en a tant et tant; jamais on n'en verrait la fin. Que fait-on alors pour les empêcher de revenir? Dans quelques recoins du grenier, on dépose de petits tas d'orge, grain favori des charançons; ces tas sont la part de l'ennemi, on n'y touche jamais. Les calandres y trouvent la tranquillité qui leur convient, s'y établissent et laissent le blé où elles sont inquiétées. D'autres fois on dépose sur le tas de froment des plantes aromatiques, dont l'odeur fait fuir les insectes. Mais ces moyens n'ont pas une efficacité complète ; s'ils font déménager les insectes parfaits, ils laissent dans le tas les œufs, les larves, les nymphes, et c'est toujours à recommencer. Le remède par excellence serait de tout détruire à la fois, sans nuire au blé. Je vais vous montrer comment.

L'oncle déboucha la bouteille et versa dans le verre un petit travers de doigt du liquide.

ÉMILE. — Ouf! quelle puanteur! Bien certainement ce n'est pas de l'eau claire, cela sent trop mauvais.

JULES. — C'est l'infection des choux gâtés. Ferait-on cette drogue avec des choux pourris ?

PAUL. — Non, mon ami, bien qu'elle en ait l'odeur. On la fabrique avec du soufre et du charbon. Son nom est *sulfure de carbone.* J'en verse une goutte sur du papier. Il se produit, vous le voyez, une tache transparente comme celle de l'huile ; mais dans un instant elle s'efface et le papier reprend son premier aspect. Le liquide alors est parti, il s'est dissipé dans l'air en vapeur invisible. Le sulfure de carbone est donc remarquable par la rapidité avec laquelle il s'évapore. Il suffit de souffler un instant

sur une mince couche de ce liquide pour la faire disparaître. Les vapeurs répandues dans l'air ne se voient pas,
mais on les sent fort bien.

JULES. — On ne les sent que trop ; à dix pas du verre,
elles infectent.

PAUL. — Sortons dans le jardin ; j'ai autre chose à vous
montrer.

On sortit ; l'oncle répandit à terre un peu de sulfure de
carbone et en approcha une allumette enflammée. La
poudre ne prendrait pas plus facilement. Aussitôt l'allumette approchée, la partie mouillée se mit à brûler avec
une flamme bleue et l'odeur du soufre.

PAUL. — Le sulfure de carbone est une des substances
les plus inflammables ; aussi faut-il mettre une extrême
prudence dans le maniement de ce liquide, tout comme
dans le maniement de la poudre. Si par malheur on venait
à casser une bouteille de sulfure de carbone au voisinage
du foyer ou d'une lampe allumée, la maison serait incen-
diée ; l'on brûlerait vivant si le liquide s'était répandu
sur les habits.

LOUIS. — Il est bien redoutable, ce liquide.

PAUL. — Oui, mon ami, il est redoutable entre des
mains imprudentes, d'autant plus qu'il prend feu à distance au moyen de ses vapeurs. Mais il est sans danger si
l'on a le soin d'éviter tout ce qui pourrait y mettre le feu,
lampe, lanterne, allumettes, voisinage du foyer. N'ou-
blions jamais qu'il faut prendre avec le sulfure de carbone
des précautions encore plus grandes qu'avec la poudre.
Les étourdis ne doivent jamais y toucher. Quant à son
efficacité pour exterminer les charançons, une expérience
va vous en convaincre.

Paul mit dans un flacon une vingtaine de charançons
pris dans la poignée de blé laissée par le père Simon ;
puis il y versa une goutte, une seule, de sulfure de carbone. A l'instant même et comme foudroyées, les calandres se mirent à trembloter, puis raidirent leurs petites
pattes et tombèrent sur le flanc. Elles étaient mortes. Les

enfants étaient presque effrayés de la rapidité d'action de
ce terrible liquide.

JULES. — Les charançons n'ont pas bu le poison, comment donc sont-ils morts ?

PAUL. — L'odeur seule du sulfure de carbone les a tués.
Tout insecte, si gros, si vigoureux qu'il soit, succombe à
l'instant s'il se trouve dans les vapeurs de ce liquide. Les
larves, les nymphes, les œufs même y périssent avec une
égale rapidité.

Vous pouvez maintenant comprendre comment je me
propose de traiter le blé de Simon. Le froment sera mis
dans des tonneaux aussi grands que possible, que l'on
remplira aux trois quarts seulement; ensuite, dans chaque
tonneau, on versera du sulfure de carbone, un demi litre
environ pour mille kilogrammes de blé. Le tonneau étant
bouché, on le roulera pour bien répartir le liquide dans
toute la masse; enfin on laissera les vapeurs agir pendant
vingt-quatre heures. Alors on videra les tonneaux pour
recommencer l'opération sur d'autre grain. Inutile de
vous dire qu'après vingt quatre heures de séjour dans les
vapeurs mortelles, calandres, larves, œufs, nymphes, tout
enfin sera mort.

JULES. — Je le crois bien puisqu'en moins d'une minute
les charançons succombaient dans le flacon.

LOUIS. — Mais le blé doit être gâté par ce liquide
puant.

PAUL. — En aucune manière. Une fois sorti du tonneau, le blé est exposé à l'air et remué à la pelle. Le sulfure de carbone, si facile à s'évaporer, disparaît sans
laisser la moindre trace d'odeur. Enfin le blé est toujours
propre à servir de semence, toujours propre à faire une
excellente farine, si l'on a soin, bien entendu, de séparer
par le lavage la partie saine de la partie gâtée. Le sulfure
de carbone extermine radicalement la vermine sans nuire
en rien aux qualités du grain, sans lui communiquer
aucune odeur.

Dans l'après-midi, l'oncle mit en pratique, dans le
grenier du père Simon, le procédé qu'il venait de faire

connaître à ses neveux. Simon trouvait bien que cela
sentait mauvais; c'est égal, confiant dans le succès, il
remuait gaiement ses tonneaux empestés. Le lendemain
on n'eut trouvé dans le grenier un seul charançon vivant.
Père Simon était dans la jubilation.

XVI. — L'alucite et la teigne des céréales.

Mais oui, père Simon. était bien content d'avoir sauvé
une bonne partie de sa récolte lorsque tout semblait
perdu. Il en parlait à qui voulait l'entendre, se répandant
en éloges sur le savoir de maître Paul. — « Quand vous
autres vous dites, pourtant ! lui répondait Mathieu ;
maître Paul vient avec une eau puante et en un tour de
main purge un grenier de sa vermine. Quand vous autres
vous dites, pourtant ! si j'avais su la chose l'an dernier,
les petits papillons blancs ne m'auraient pas mangé le
blé. Quand vous autres vous dites, pourtant !

« Des papillons manger le blé ! se dit Louis ; je m'en
informerai. » — Le soir, en effet, en revenant de sarcler
les pommes de terre, il entra chez Paul et l'on parla des
papillons du blé, la boîte à insectes de l'oncle sous les
yeux.

PAUL. — Regardez ce papillon. Est-il petit, est-il fluet !

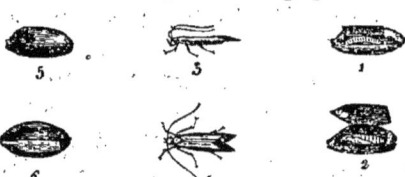

Fig. 16. — 1. Grain ouvert pour montrer la
larve de l'alucite; 2. Grain ouvert pour
montrer la chrysalide de l'alucite ; 3. L'alucite vue de profil; 4. L'alucite vue par le
dos; 5 et 6. Grains attaqués par la larve de
l'alucite.

Le corps mesure de
cinq à six millimètres
de longueur ; d'un
bout à l'autre des ailes
déployées, on comp-
terait au plus un cen-
timètre et demi. Que
peut-elle nous faire,
la délicate créature ?
Rien qu'en soufflant
dessus, on la ferait périr. Ses ailes sont frangées d'élégantes houppes dont les brins ressemblent à des plumes
d'une finesse incomparable. Les supérieures sont de couleur café au lait ainsi que le dessus du corps; les infé-

rieures sont obscures. Dans le repos, elles sont un peu repliées et couchées le long du dos.

Eh bien, mes enfants, ce papillon de rien est l'un des plus terribles ravageurs des céréales ; pour peu qu'il pullule, petite bouchée par petite bouchée, il mange des millions à l'agriculture; rien que cela. Son nom est *alucite.*

JULES. — Mais les papillons ne mangent pas, vous vous l'avez dit souvent. Ils sucent les fleurs avec une trompe, quelques-uns même ne prennent rien du tout.

PAUL. — Ce n'est pas l'alucite sous forme de papillon qui commet les ravages, c'est l'alucite en son premier état, l'état de larve ou de chenille. Je vous le répète encore : parvenus à la forme parfaite, les insectes font en général peu de dégâts ; ce sont les larves, les larves goulues, affamées, qui sont les vrais ravageurs.

La larve de l'alucite vit dans l'intérieur d'un grain de blé, à la manière de la larve du charançon. On la distingue de celle-ci en ce qu'elle est munie de petites pattes, tandis que la larve du charançon n'en a pas. De part et d'autre, les mœurs sont à peu près les mêmes. La chenille de l'alucite ronge la partie farineuse du grain, en respectant le son, qui lui forme une coque naturelle où elle devient chrysalide et fina-

Fig. 17. — Larve de l'alucite des céréales (très-grossie).

lement papillon. Le dégât reste inaperçu jusqu'à ce que les petits papillons s'élèvent par nuées innombrables du tas de blé ravagé; une extrême sur-veillance peut seule prévenir ce mal-heur. De temps à autre, il convient de soumettre le blé à l'épreuve. On en jette une poignée dans de l'eau. S'il y a des grains attaqués, ils sur-

Fig. 18. — Chrysalide de l'alucite des céréales (très-grossie).

nagent parce qu'ils sont plus légers. On les ouvre et d'après la forme de la larve, on juge si l'ennemi est l'alucite ou le charançon. Du reste, le remède est le même : on soumet le blé aux vapeurs du sulfure de carbone dans des tonneaux. Tout périt, œufs, chenilles, chrysalides, papillons, et le mal est arrêté net. Quelquefois on expose le grain à la chaleur d'un four pour tuer la vermine qui le ronge, mais il ne faut pas que la température soit trop forte sinon le blé serait gâté. On peut encore remplir à demi un tonneau de blé et brûler dans la partie vide une mêche soufrée. On bouche alors la bonde et l'on remue. Le soufre, en brûlant, produit une vapeur suffocante, qui nous fait tousser quand nous respirons la fumée d'une allumette. Cette vapeur se nomme *gaz sulfureux*. Je n'ai pas besoin de vous dire que le gaz sulfureux, qui nous fait tousser des quarts d'heure durant et nous étoufferait si l'on en respirait trop, tue promptement l'alucite et ses larves. Je lui préfère cependant le sulfure de carbone, le plus actif des exterminateurs des insectes, et qui de plus ne nuit jamais au blé, ce que pourrait faire la vapeur du soufre par un contact trop prolongé.

C'est dans les champs, alors que le blé près d'être mûr est encore sur pied, que l'alucite fait sa ponte. A la base de chaque grain, elle dépose un œuf, et c'est fait : si des précautions ne sont prises, l'alucite aura la farine et le cultivateur le son. Il faut donc avant la moisson donner un coup d'œil attentif au champ et reconnaître si les alucites le fréquentent. Quand on voit au coucher du soleil de petits papillons voltiger autour des épis, le désastre est imminent si l'on n'y met bon ordre. Il est indispensable alors de ne pas laisser trop longtemps la récolte en meules, et de dépiquer le blé au plutôt, sinon les alucites réfugiées dans l'épaisseur des gerbes se propagent avec une rapidité calamiteuse.

Pour en finir, regardez maintenant la *teigne des blés*. C'est encore un fléau des greniers, un destructeur redoutable, malgré ses apparences inoffensives. Elle est un peu plus grande que l'alucite. Ses ailes supérieures sont tigrées de noir, de brun et de gris, ses ailes inférieures sont teintées de noir. Elle dépose ses œufs sur le blé en grenier. Les chenilles qui en proviennent sont d'un blanc jaunâtre, très-alertes sur leurs petites pattes. Leur ma-

nière de vivre diffère de celle des alucites. La chenille de
la teigne trouve qu'il ne fait pas bon de marcher sur le blé
dur, cela lui meurtrirait la peau. Il lui faut une maison
portative, quelque chose
comme la demeure de
l'escargot, où, quand un
danger menace, elle
puisse en entier rentrer.
Avec des fils de soie
qu'elle bave, elle colle
autour de son corps au-
tant de grains de blé qu'il
en faut pour lui former
une espèce d'étui, d'où
la tête seule sort avec les

Fig. 20. — 1. Grains de blé réunis par la
larve de la teigne; 2. Grain rongé par la
larve; 3. La larve; 4. Fourreau de soie de
la larve; 5. La chrysalide; 6 et 7. La teigne des blés vue de profil et sur le dos.

pattes de devant. A mesure que la chenille grandit, la
maison ambulante est amplifiée aux dépens de nouveaux
grains de blé. Ce n'est pas tout : le fourreau de blé sert
plus que de demeure, il sert de provisions de bouche. La
chenille grignotte les murs de sa maison. C'est bien plus
commode que de mettre la tête dehors pour ronger d'autres
grains.

Un tas de blé envahi par ces chenilles est bientôt recouvert de fils de soie qui se croisent dans tous les sens
et figurent des lambeaux de toile d'araignée. Si la vermine est abondante, le tas s'échauffe, répand une odeur
désagréable et finit par se gâter. Les teignes aiment le
repos et l'obscurité ; jamais elles ne confient leurs œufs à
des greniers où l'agitation et la lumière troubleraient leur
famille. Le plus sûr moyen d'éloigner ces insectes est
donc de pelleter souvent le grain, de visiter les greniers
et d'en ouvrir au grand jour les portes et les fenêtres. Si,
faute de ces précautions, le grain est envahi, on a recours à la fumée du soufre ou aux vapeurs du sulfure de
carbone, comme pour les charançons.

XVII. — Les teignes.

Chut ! écoutez... Pan, pan, pan, pan, pan... C'est Ambroisine, si diligente malgré son âge, c'est mère Ambroisine, qui prend soin de la maison de l'oncle Paul.

Sur une corde tendue en travers de la grande allée du jardin, elle a mis le manteau de l'oncle, le manteau à triple collet qui défend si bien de la pluie, du froid et de la neige. Un coin du manteau d'une main, une baguette souple de l'autre, elle tape, mère Ambroisine, comme si elle avait encore les jeunes bras d'autrefois. Pan, pan, pan, pan, pan... Les enfants l'ont entendue ; Paul également et il en profite pour continuer l'histoire des teignes.

PAUL. — Eh bien, mère Ambroisine, le drap est-il râpé ?

AMBROISINE. — Tout neuf, monsieur ; on le dirait sorti de ce matin de la boutique du marchand. S'il m'en souvient, il est aujourd'hui pourtant dans sa dixième année. Tant que je serai là, ne craignez rien : les teignes ne s'y mettront pas. D'un bon drap souvent secoué ne se voit jamais la fin.

JULES. — Ces teignes, ce sont d'autres papillons ?

PAUL. — Les teignes sont des papillons dont les chenilles se fabriquent une maison ambulante, un fourreau qu'elles traînent après elles et qui les recouvre presque en entier. Celle des greniers construit le sien avec des grains de blé agglutinés entre eux ; d'autres en veulent aux étoffes de laine, aux fourrures, aux plumes, au crin dont elles se nourrissent en même temps qu'elles s'en font un étui pour demeure.

ÉMILE. — Il y a des chenilles qui se nourrissent de crin, de plumes, de drap ?

PAUL. — Il n'y en a que trop. Si mère Ambroisine n'y veillait, telle de ces chenilles se régalerait avec votre culotte.

ÉMILE. — Ce doit être pourtant de peu de goût, et difficile à digérer.

PAUL. — Je ne dis pas, mais les chenilles ont un estomac qui s'en accommode très-bien. Celle qui mange la bourre et digère de crin, ne connaît rien de meilleur au monde ; celle qui ronge le vieux cuir se garderait bien de donner un coup de dent à la poire, au fromage, au jambon, choses détestables pour elle. Ainsi des autres. Les larves, je vous le disais un jour, sont les grands mangeurs de ce monde ; tout, ou peu s'en faut, leur passe par le ventre. Elles ont donc, suivant le métier qu'elles sont destinées à faire, un estomac apte à se nourrir des substances les moins nutritives. Celles des teignes ont pour leur menu les peaux, les cuirs, le drap, la bourre, le crin, la laine, les plumes. A l'état parfait, ces destructeurs de nos étoffes, de nos habillements, de nos fourrures, sont de délicats papillons, généralement blanchâtres, qui viennent, le soir, se brûler les ailes autour de la flamme des lampes dont l'éclat les attire. Voici les plus remarquables dans ma boîte.

Fig. 21.   Fig. 22.   Fig. 23.
Teigne du drap.   Teigne des pelleteries.   Teigne des crins.

C'est d'abord la teigne du drap. Les ailes supérieures sont noires avec l'extrémité blanche. La tête et les ailes inférieures sont également blanches. La chenille se tient sur les étoffes de laine ; elle se construit un fourreau avec les débris du tissu rongé.

La teigne des pelleteries a les ailes supérieures d'un gris argenté, avec deux petits points noirs chacune. La chenille habite les fourrures, qu'elle tond poil par poil.

La teigne du crin vit, à l'état de chenille, dans le crin dont on rembourre les meubles. Elle est en entier d'un fauve pâle.

Tous ces papillons, et en général toutes les teignes, ont les ailes étroites, bordées d'une élégante frange de poils soyeux, et couchées en long sur le dos pendant le repos.

La plus à craindre est la teigne qui ronge le drap. Parlons-en plus au long, vous admirerez avec moi l'habileté qu'elle met à se faire un habit. Pour se mettre à couvert et vivre en paix, la chenille se fabrique un fourreau avec des brins de laine coupés et hachés du tranchant des mandibules. En moissonnant ainsi les brins un à un, la teigne rase le drap et fait place nette jusqu'à la trame. Là se borne parfois le dégât; mais il lui arrive aussi d'attaquer les fils du tissu et de trouer l'étoffe de part en part de sorte que le drap n'est plus qu'un haillon sans valeur. Les brins de laine hachés servent en partie de nourriture à la chenille, en partie de matériaux de construction pour le fourreau. Celui-ci est artistement façonné au dehors de brins de laine fixés entre eux au moyen d'un peu de matière soyeuse bavée par la chenille; au dedans, de soie seule, de sorte qu'une fine doublure défend la peau délicate de la teigne de tout rude contact. L'habit de la chenille a la couleur du drap tondu; il y en a de blancs, de noirs, de bleus, de rouges suivant la teinte de l'étoffe. Il y en a même de bariolés de diverses couleurs, quand la chenille prend des brins de laine un peu par ci un peu par là sur une étoffe à plusieurs teintes. C'est alors une espèce d'habit d'Arlequin.

Cependant la chenille grandit et le fourreau devient trop court et trop étroit. L'allonger est facile: il suffit d'ajouter de nouveaux brins de laine à l'extrémité; mais comment faire pour l'élargir? Eh bien, l'ingénieuse chenille semble avoir pris conseil d'un tailleur : avec les dents pour ciseaux, elle fend l'habit tout de long, et dans la fente elle ajuste une pièce neuve. La reprise est si bien faite, si bien cousue avec de la soie, que la couturière la plus habile difficilement ferait aussi bien.

Pour garantir des teignes les habillements de laine, on

est dans l'usage de mettre dans les armoires qui les renferment des plantes odoriférantes, du poivre, du camphre. On a recours encore aux fumigations de tabac, aux émanations de l'essence de térébenthine, des huiles de goudron. Mais le moyen le plus sûr consiste à visiter fréquemment les étoffes, à les secouer, les battre et les exposer à la lumière, car toutes les teignes aiment le repos et l'obscurité. Mère Ambroisine le sait très-bien. Comme elle secoue au soleil les habits d'hiver de l'oncle! Pan, pan, pan, pan, pan.

XVIII. — Les Carabiques.

Émile avait bien ri; oh! comme il avait ri le petit Émile! Voici pourquoi. Il cherchait des insectes dans le jardin, pour les apporter à l'oncle et en savoir l'histoire. — Quel est celui-ci qui s'avance d'un pas empressé, avec ses élytres plus luisantes que le cuivre des chaudrons de mère Ambroisine? C'est la jardinière, c'est le *carabe doré*. Il traîne par la patte un hanneton éventré; de temps en temps il s'arrête pour fouiller avec ses mandibules dans les entrailles du hanneton, dont il semble boire les sucs avec une avidité féroce; puis il reprend sa course. Où va-t-il? Il va dans quelque touffe de gazon dévorer à l'aise sa capture. — Émile survient trop précipitamment; le carabe effrayé laisse le hanneton et poursuit son chemin. L'enfant le surveille à distance pour

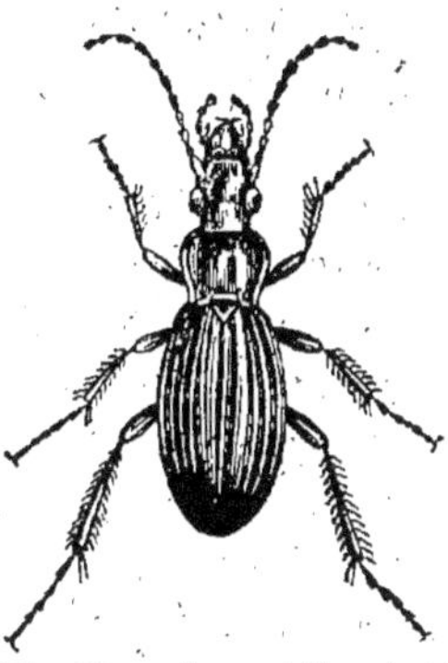

Fig. 24. — Le carabe doré ou jardinière.

voir ce qu'il adviendra. — Ah! quel est cet autre qui trottine sur ses petites pattes? Il est allongé; son corselet est d'un noir luisant, ses élytres ont la couleur de l'écorce d'orange. Trottine bien, pauvret, le carabe t'a vu! Il n'est plus temps: la jardinière le renverse sur le dos pour lui percer le ventre. Émile s'avance bien doucement sur la pointe des pieds et regarde. —

Toc! fait la petite bête jaune en se détendant comme un ressort et frappant à la fois le sol de son corselet et de ses élytres, toc! L'insecte rebondit et s'élance en l'air à deux pans au dessus du carabe. Il retombe sur le dos. Une seconde fois, toc! Il est sauvé, le carabe ne l'a pas vu retomber. — Oh! comme il avait ri, le petit Émile, du désappointement du féroce carabe quand l'insecte disparaissait soudain. On rit toujours d'un malintentionné qui manque son coup. Le sauteur et le chasseur furent recueillis et apportés à l'oncle, qui raconta ceci.

PAUL. — La vulgaire jardinière, connue de tous, se nomme le *carabe doré.* C'est un magnifique insecte, d'un pouce environ de longueur. Le dessus du corps est d'un vert métallique, avec les reflets de l'or; le dessous est noirâtre. Les élytres, gracieusement allongées en ovale, emboîtent bien le ventre et lui forment une solide cuirasse qui ne s'ouvre jamais, car au dessous il n'y a pas d'ailes membraneuses. Le carabe court rapidement sur ses longues jambes, mais il ne peut voler. Il se nourrit de proie vivante, limaces, escargots, vers de terre, larves, insectes, chenilles, qu'il cherche dans tous les coins et recoins et qu'il éventre avec ses robustes mandibules. Regardez-les, ces meurtrières armes : comme elles sont longues et pointues, recourbées en crocs qui se croisent à la façon des lames de ciseaux. Comme on voit qu'elles sont faites pour taillader les chairs.

ÉMILE. — C'est avec ses mandibules qu'il avait ouvert le hanneton, dont les entrailles traînaient à terre?

PAUL. — Certainement. Peu d'insectes résistent au carabe, d'autant plus qu'il les happe par le ventre, où la peau est moins dure, et non par le dos, que défendent les élytres.

ÉMILE. — Et si j'avais laissé faire la jardinière traînant le hanneton?

PAUL. — Le carabe se serait repu de sa proie, ne laissant que l'enveloppe coriace. Le même sort attendait l'autre insecte, s'il ne s'était tiré d'affaires en bondissant en l'air.

Jules. — Ce destructeur d'insectes ne fait-il aucun mal aux plantes?

Paul. — Aucun. Il poursuit son gibier sans toucher aux matières végétales, seraient-elles des fruits exquis. Ce n'est pas de son goût. Il lui faut de la chair, de la chair fraîche, qui frémit sous les crocs des mandibules. Quand vous voyez le carabe courir dans le jardin, ou s'embusquer derrière une motte, il cherche pâture, il guette une proie, une limace peut-être, un hanneton étourdi. Laissez-le tranquille, il travaille pour nous. Au coucher du soleil, il quitte ses retraites pour faire la ronde et fureter dans tous les recoins. Il inspecte les cultures et gare alors aux maraudeurs qui lui tomberont sous les crocs. Nous l'appelons la jardinière parce qu'il est très-utile dans les jardins en détruisant la vermine. Sa larve, assez laide bête noire, rend les mêmes services.

Jules. — Alors, il ne faut pas détruire le carabé doré.

Paul. — Gardez - vous en bien. Il faut respecter aussi ses nombreux confrères, chasseurs infatigables qui nous

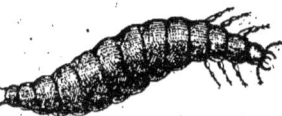

Fig. 25. — Larve du carabe doré.

viennent en aide en faisant la guerre aux ennemis de nos récoltes. On les nomme tous ensemble les *carabiques*. Il y en a de plus grands que la jardinière, mais il y en a davantage de plus petits. Fréquemment ils ont une couleur métallique, pareille à celle de l'or, du bronze, du cuivre; il y en a d'un vert ou d'un bleu luisant; d'autres sont bruns, d'autres sont noirs. Tous se reconnaissent à leur forme dégagée, rappelant celle du carabé doré; à leur démarche vive, à leurs mandibules crochues, à leurs antennes fines, à leur absence d'ailes le plus souvent. Les carabiques sont les tigres de la classe des insectes; ils vivent tous de proie et sont ainsi pour nous de précieux auxiliaires dans la guerre que nous avons à soutenir contre l'engeance dévorante. Sans le secours de leurs appétits carnassiers, les ravageurs pulluleraient au point de nous menacer chaque année de la famine. Comme ils

sont bien armés pour leur travail d'extermination! Une
taille bien prise et dégagée, de longues jambes leur permettent d'atteindre le gibier à la course; l'étui des élytres,
serrant de près le corps, les met à l'abri d'un coup déses-
péré; des mandibules pointues, recourbées en crocs servent à éventrer la proie. Ce n'est pas tout, ils rejettent
une salive noire dont l'acreté envenime sans doute la
blessure et rend la mort plus prompte; beaucoup lancent
par le derrière un jet de liquide corrosif, dont l'odeur
forte met en fuite l'ennemi. Reçu dans les yeux, ce jet
provoque une cuisante douleur comme le ferait le
vinaigre. Enfin il y en a de tout petits, d'un magnifique
bleu d'azur, qui lancent de la même manière un liquide explosionnant à l'air, avec fumée blanche et bruit.
Quand ils sont poursuivis de trop près, ils s'arrêtent
sans se retourner, relèvent un peu le bout du ventre,
et pif! brûlent la moustache à l'ennemi d'un coup de
pistolet.

Émile se mit à rire de ces canonniers à reculons; il
crut que l'oncle plaisantait.

PAUL. — Non, mon ami, je ne plaisante pas. Certains
carabiques, appelés *brachines,* font usage de l'artillerie
pour se défendre. Cherchez dans les prairies, au pied des
saules, et vous en trouverez. Ils vous bombarderont de
manière à vous convaincre. Vous n'avez rien à craindre
de leur pièce de canon; la décharge produit sur la peau
une simple tâche brune.

XIX. — Le Zabre.

PAUL. — J'ai dit que tous les carabiques se nourrissent
de proie et par conséquent sont nos auxiliaires pour
débarrasser les cultures de leurs ennemis; je l'ai dit et je
me suis trompé: l'un d'eux s'attaque aux céréales. Ses
méfaits ne doivent pas cependant diminuer notre estime
pour ses confrères, les carnassiers, dont les services sont
incontestables. Dans sa famille de mangeurs de chair, il
forme une singulière exception avec son régime végétal;

il compte pour un quand les autres comptent pour mille. On le nomme le zabre. Le voici.

Sa couleur est d'un noir brun luisant. Il est trapu, moins dégagé de forme que les autres carabiques, moins vif d'allures ; et cela doit être puisqu'il n'a pas à courir après le gibier. Je n'affirmerai pas cependant qu'il dédaigne un régal de venaison lorsqu'une bonne occasion se présente. Toujours est-il qu'on le rencontre dans les terres à blé. De jour, il se tient blotti sous les pierres, sous les mottes, dans les

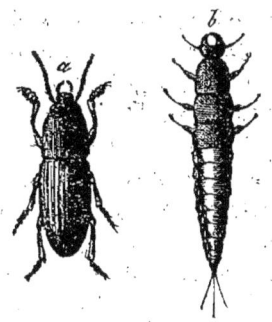

Fig. 26. — *a*. Le Zabre ; *b*. Sa larve.

touffes de gazon. Quand vient la fraîcheur du soir, il grimpe sur les chaumes, atteint l'épi et ronge le grain encore tendre et sucré.

Sa larve est plus à craindre. Elle est très-agile et de forme disgracieuse, comme le sont en général les larves des carabiques. Sa couleur est brune, plus foncée en avant plus claire en arrière. Pendant deux à trois ans, elle vit en terre dans des trous de plusieurs pouces de profondeur. Elle en sort la nuit pour fouiller avec les mandibules au pied des tiges de blé, les couper quand elles sont jeunes et les entraîner dans son trou.

D'ordinaire les zabres sont peu nombreux et leurs dévastations passent inaperçues : quelques centaines d'épis de moins ne peuvent donner l'éveil. Mais si les circonstances les favorisent, ils pullulent au point de devenir un fléau terrible pour les céréales. Il y a dix ans environ, dans une province de la Belgique, sur 457 hectares de seigle, 114 furent complétement rasés par les zabres; où l'insecte avait passé, le moissonneur ne trouvait plus un épi.

JULES. — Ils doivent être bien nombreux pour dévaster de telles étendues.

PAUL. — Si nombreux qu'on n'ose y songer. C'est du reste ainsi pour la plupart des insectes : quand ils se

3

mettent à multiplier, leurs légions sont au-dessus de tout dénombrement. Si rien n'y mettait ordre, en quelques années ils envahiraient la terre entière.

JULES. — Qui donc s'y oppose ?

PAUL. — Qui? mon enfant! La grande moissonneuse, la mort, qui met un invincible obstacle à l'encombrement et maintient toutes choses dans de justes limites. La vie se nourrit de la vie : chacun tour à tour est mangeur et mangé. Le zabre doit manger, rien de plus juste, et la jeune tige de blé périt sous les crocs de ses mandibules ; la fauvette doit manger et le zabre est croqué; la couleuvre doit manger et la fauvette expire sous les plis du reptile ; l'autour doit manger et la couleuvre est déchirée par les serres de l'oiseau de proie; d'autres encore doivent manger qui feront pâture de l'autour et serviront eux-mêmes de pâture jusqu'à ce que se ferme, pour recommencer encore, le cercle fatal de dévorants et de dévorés, où la plante est toujours la première victime. C'est vous dire que chaque espèce a ses ennemis, à nous connus ou inconnus; le zabre a les siens, je n'en fais aucun doute, il a ses mangeurs qui l'empêchent d'atteindre en nombre des proportions calamiteuses. Or, vous comprenez bien que la prospérité du mangeur dépend de l'abondance du mangé; des vivres copieux appellent de nombreux convives. Si donc une année les zabres pullulent, les espèces chargées de les maintenir dans des limites convenables se multiplient pareillement parce que la nourriture abonde, et finissent par exterminer les premiers, sauf quelques rares couples échappés par hasard. Qu'il en survive un sur cent mille et cela suffit pour perpétuer la race. De quelques années, on n'entend plus parler des zabres; on dirait l'espèce anéantie.

ÉMILE. — Mais les mangeurs restent.

PAUL. — Pas du tout : d'autres les croquent ou ils périssent de faim parce que les vivres manquent, de sorte qu'après avoir rempli leur mission, ils disparaissent à leur tour et les choses rentrent dans l'ordre.

JULES. — Les zabres non inquiétés vont donc peu à peu

s'accroître en nombre et reparaître aussi multipliés que jamais.

PAUL. — C'est évident, mais alors l'abondance des vivres favorise la multiplication des mangeurs et la lutte recommence. Ce que je vous dis des zabres s'applique à tous les insectes. Une année, sans motifs apparents, telle et telle autre espèce abondent au point d'effrayer l'agriculture. Les années d'après, il n'y a plus rien, les ravageurs ont disparu : la providentielle balance entre dévorants et dévorés a nettoyé les champs.

Ce n'est pas un motif pour se croiser les bras et laisser faire; il nous faut au contraire vaillamment prendre part à la lutte et seconder les efforts des ennemis de nos ennemis. Aide-toi, le ciel t'aidera. Quand une terre est infestée par les zabres, il convient de la remuer profondément aux premières gelées pour mettre les larves à découvert et les livrer ainsi au bec des oiseaux, notamment des corneilles pour lesquelles c'est un mets friand. Il convient aussi d'y passer, la nuit, un rouleau pesant pour écraser les larves sorties de leurs retraites.

XX. — Le Taupin.

ÉMILE. — L'autre insecte, vous savez, celui que le carabe doré poursuivait et qui s'est mis à bondir sur le dos pour échapper, comment s'appelle-t-il, que sait-il faire ?

PAUL. — Nous l'appelons *taupin*, en d'autres pays on le nomme *saute-marteau,* les savants lui donnent le nom d'*elater.* Ces deux derniers termes font allusion à la faculté que possède l'insecte de bondir brusquement, de sauter en l'air pour se remettre sur les jambes quand il est sur le dos. Le taupin a les pattes courtes ; lorsque, par accident, il se trouve renversé sur le dos, il lui serait impossible de se relever si des moyens spéciaux ne le tiraient d'affaires. Que deviendrait le pauvre saute-marteau qui, le ventre en l'air, remuerait vainement ses courtes pattes sans pouvoir toucher le sol et prendre appui ? Je vous laisse à penser la fâcheuse position quand

surtout le temps presse et qu'un carabe goulu vous
menace. Chaque espèce, mes enfants, a ses ruses pour
dérouter l'ennemi, son savoir-faire pour se tirer d'embarras. Le taupin a pour lui le ressort qui, en se détendant,
le fait bondir et le remet sur les jambes.

Sous le corselet, entre les deux pattes de devant, se
trouve une petite pointe dirigée en arrière. En face, sur
le rebord de la poitrine, est une cavité où la pointe s'engage et reste tant qu'il n'est pas besoin de s'en servir.
Mais si le taupin est renversé sur le dos, aussitôt le ressort joue. L'insecte, appuyant sur la tête et le bout des
élytres, relève un peu et fait bâiller la jointure entre le
corselet et la poitrine de manière que la pointe sort de sa
gaîne et vient s'arrêter sur le bord même du trou. Cela
fait, par un effort brusque, l'insecte fait rentrer la pointe
dans sa cavité, ce qui produit l'effet d'un ressort qui se
détend. A la fois le corselet et les élytres choquent le sol
et l'insecte est lancé en l'air. S'il retombe sur les jambes,
le taupin s'enfuit ; s'il retombe sur le dos, il recommence
à faire jouer le ressort tant qu'il n'a pas réussi.

Le saute-marteau noir et jaune apporté par Émile fut
mis sur la table, le ventre en l'air. Ah ! le voilà qui se plie
et prépare sa mécanique. Toc ! il bondit à deux pouces de
hauteur. Il retombe sur le dos. Toc ! il retombe sur le
ventre. Comme il court maintenant chercher vite un refuge ! Émile le remet sur le dos. Toc ! le taupin avec ses cabrioles lui ferait presque oublier sa toupie. L'oncle cependant n'oublie pas de compléter l'histoire du saute-marteau
par des renseignements utiles.

Paul. — L'insecte qui paraît tant amuser Émile, vit à
l'état de larve dans le bois mort des saules. Il est inoffensif. Donnez-lui la liberté, qu'il a bien méritée. Mais il y a
d'autres taupins, un surtout que je vous recommande :
c'est le *taupin des moissons*, ravageur des céréales, de
l'avoine principalement.

Sa couleur est brunâtre. Sa larve est un ver allongé, à
peau coriace, luisante, d'une teinte jaune sale. C'est elle
seule qui commet les dégâts. Elle vit dans la terre, deux

ans pour le moins, et se nourrit des racines du blé. Le pied attaqué dépérit peu à peu, se fane et meurt. Pour nous défendre contre les larves des taupins nous n'avons guère que le secours des insectes carnassiers ou carabiques et celui des oiseaux, qui s'en nourrissent. En retournant les terres infestées, on expose les larves aux mandibules et au bec de leurs ennemis les plus actifs.

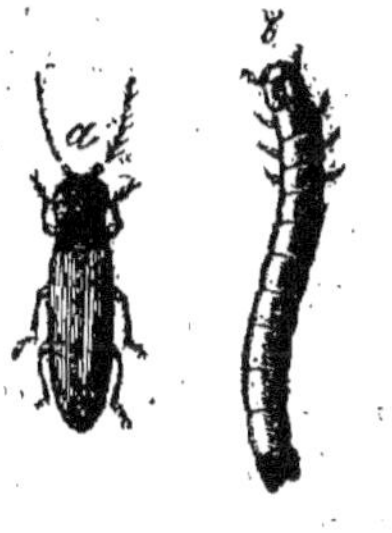

Fig. 27.— Le taupin des moissons : *a*, l'insecte parfait; *b*, sa larve.

D'autres taupins fréquentent les pépinières, les jardins fruitiers, et vivent à l'état de larves aux dépens des racines des pommiers, des pruniers, des cerisiers, des poiriers; d'autres attaquent les racines de la romaine et de la laitue; d'autres rongent les racines des fleurs cultivées en pot. Toutes les larves de ces mangeurs de racines se ressemblent, et à très-peu près rappellent celle que je viens de vous montrer. Vous êtes avertis : détruisez-les toutes les fois que l'occasion s'en présente si vous voulez que le jardin continue à donner des poires, des cerises et de belles laitues.

XXI. — La Processionnaire du pin.

Jules de grand matin alla trouver Louis. Ils se dirent quelques mots à l'oreille et partirent, avec le déjeuner dans la poche, une pomme et un morceau de pain. Où vont-ils, si joyeux? Ils vont, sur la recommandation de l'oncle, chercher certain nid de chenilles dans un bois de pins du voisinage. Chemin faisant, Jules raconte l'histoire du taupin, il raconte l'histoire des brachines, qui tirent du pistolet d'une façon si originale. Ces bombardiers, il faut les voir. En traversant une prairie, on s'arrête donc au pied d'un saule, et, comme l'oncle l'avait dit, des brachines sont bientôt trouvés. La société des petits carabiques bleus se disperse effrayée, canonnant d'ici, canonnant de là. Les deux enfants pouffent de rire. Enfin l'artillerie s'apaise, faute de poudre sans doute, et

l'on se remet en chemin. Deux heures après, ils étaient
de retour avec le nid de chenilles. Dans l'après-midi,
sous le grand sureau du jardin, l'oncle racontait ceci :

PAUL. — On voit fréquemment, à l'extrémité des rameaux de pins, de volumineux paquets de soie blanche
entremêlée de feuilles. Ces paquets sont, en général,
renflés dans le haut et rétrécis dans le bas, à la façon d'une
poire. Leur grosseur atteint parfois le volume de la tête.

JULES. — Celui que nous avons apporté a tout juste la
forme que vous dites.

PAUL. — Ce sont des nids où vit en société une espèce
de chenille bleuâtre, ornée de petites verrues rouges que
surmonte une aigrette de poils, roux sur le dos, gris sur
les côtés.

Le nid fut légèrement ouvert et l'oncle montra aux
enfant la chenille qui l'habite.

PAUL. — De cette chenille provient le papillon que voici.

Il est d'un blanc grisâtre, avec
des bandes transversales noires
sur les ailes supérieures.

Une famille de chenilles, provenant des œufs pondus par le
même papillon, construit en commun le logement de soie. Toutes

Fig. 28. — La processionnaire
du pin.

prennent part au travail, toutes filent et tissent dans l'intérêt général. L'intérieur du nid est divisé par de simples
cloisons de soie, en une foule d'appartements qui com-
muniquait entre eux. Au gros bout, parfois ailleurs, se
voit une large ouverture en forme d'entonnoir ; c'est la
grande porte d'entrée et de sortie. D'autres portes, plus
petites, sont réparties çà et là. Les chenilles passent
l'hiver dans leur nid, bien à l'abri du mauvais temps.
Dans la belle saison, elles s'y réfugient la nuit et pendant
les fortes chaleurs.

Dès qu'il fait jour, elles en sortent pour se répandre sur
le pin et brouter les feuilles. Repues, elles rentrent dans
leur demeure de soie, à l'abri des ardeurs du soleil. Or,
quand elles sont en campagne, soit sur l'arbre qui porte

le nid, soit sur le sol pour passer d'un pin à l'autre, ces
chenilles marchent d'une façon singulière, qui leur a valu
le nom de *processionnaires*, parce que, en effet, elles dé-
filent en procession, à la suite l'une de l'autre, et dans le
plus bel ordre.

L'une d'elles, la première venue, car il y a entre elles
égalité parfaite, l'une d'elles se met en route et sert de
chef d'expédition. Une seconde la suit, sans intervalle
entre les deux ; une troisième suit la seconde de la même
façon ; et toujours ainsi, tant qu'il y a de chenilles
dans le nid. La procession, au nombre de plusieurs centaines d'individus, est maintenant en marche. Elle défile
sur une seule ligne, tantôt droite, tantôt sinueuse, mais
toujours continue, car chaque chenille qui suit touche de
sa tête l'extrémité postérieure de la chenille qui précède.
La procession figure sur le sol une longue et gracieuse
guirlande, qui ondule à droite et à gauche, sous des aspects
d'un moment à l'autre changeants. Lorsque plusieurs nids
s'avoisinent et que leurs processions viennent à se rencontrer, le spectacle atteint tout son intérêt. Alors les
diverses guirlandes vivantes se croisent, s'emmêlent et se
démêlent, se nouent et se dénouent, en formant les figures
les plus capricieuses. La rencontre n'amène pas de confusion. Toutes les chenilles d'une même file marchent
d'un pas uniforme et presque grave ; aucune ne se presse
pour devancer les autres, aucune ne demeure en arrière,
aucune ne se trompe de procession. Chacune garde son
rang et règle scrupuleusement sa marche sur celle qui
précède. La chenille chef de file de la troupe dirige les
évolutions. Quand elle tourne à droite, toutes les chenilles
d'un même cordon, l'une après l'autre, tournent à droite ;
quand elle tourne à gauche, toutes, l'une après l'autre,
tournent à gauche. Si elle s'arrête, la procession entière
s'arrête, mais de proche en proche ; la seconde d'abord,
puis la troisième, la quatrième, la cinquième, et ainsi de
suite, jusqu'à la dernière. On dirait des troupes bien
dressées qui, défilant en ordre, s'arrêtent au commande-
ment de halte et serrent les rangs.

L'expédition, simple promenade ou bien voyage à la recherche des vivres, est maintenant terminée. On est arrivé bien loin, fort loin du nid. L'heure pressé de retourner à la maison. Comment retrouver le gîte à travers les gazons, les broussailles et tous les accidents du chemin que l'on vient de parcourir? Se laissera-t-on guider par la vue, que borne une maigre touffe d'herbe ; par l'odorat, que des émanations de toute nature pouvait mettre en défaut. Non, non ! les chenilles processionnaires ont mieux que tout cela. Voici ce qu'elles font pour ne pas s'égarer et retrouver leur domicile après une lointaine expédition. .

Nous pavons nos routes de cailloux concassés, les chenilles mettent plus de luxe dans leur voirie : elles étalent sur leur chemin un tapis de soie, elles ne marchent que sur la soie. Elles filent continuellement en voyage et collent leur soie tout le long du chemin. On voit, en effet, chaque chenille de la procession abaisser et relever alternativement la tête. Dans le premier mouvement, la filière, située à la lèvre inférieure, colle le fil sur la voie que suit la procession ; dans le second, la filière laisse couler le fil, tandis que la chenille fait quelques pas. La tête alors s'abaisse encore, puis elle se relève, et une seconde longueur de fil est mise en place. Chaque chenille qui suit chemine sur les fils laissés par celles qui la précèdent, et ajonte son propre fil à la voie, si bien que dans toute sa longueur, le chemin parcouru se trouve tapissé d'un ruban soyeux. C'est en suivant ce ruban conducteur que les processionnaires reviennent à leur gîte, sans jamais s'égarer, si tortueuse que soit la voie suivie.

Veut-on mettre la procession dans l'embarras, il suffit de passer le doigt sur la trace pour couper le chemin de soie. La procession s'arrête devant la coupure avec tous les signes de la crainte et de la défiance. Passera-t-on? ne passera-t-on pas? Les têtes s'élèvent et s'abaissent avec anxiété, recherchant les fils conducteurs. Enfin, une chenille plus hardie que les autres, ou peut-être plus impatiente, franchit le mauvais pas et tend son fil d'un bout de la coupure à l'autre. Une seconde, sans hésitation, s'engage sur le fil laissé par la première, et, en passant, ajoute son propre fil au pont. A tour de rôle, les autres en font autant; bientôt le chemin rompu ést réparé et le défilé de la procession se continue.

Jules et Louis se trouvèrent bien dédommagés de leur course par cette curieuse histoire des processionnaires; Émile lui-même, Émile l'étourdi, était dans l'admiration. De plus, l'oncle leur permit d'attacher le nid à un arbre pour assister, d'un moment à l'autre, à la procession. Sur les six heures du soir, à la fraîcheur, les chenilles sortirent et se répandirent sur l'arbre, bien alignées à la file l'une de l'autre. De retour, elles trouvèrent le chemin de soie coupé par le doigt des enfants. Un pont fut construit, comme l'avait raconté l'oncle, et la procession rentra dans le nid. Enfin on brûla la bourse de soie avec ses habitants pour ne pas exposer les arbres résineux du jardin à la voracité des chenilles

XXII. — La Processionnaire du chêne.

PAUL. — La chenille processionnaire dont je viens de vous raconter l'histoire, est très-répandue dans le midi de la France; elle vit sur diverses espèces de pins, dont elle broute les feuilles. Si par négligence, on la laisse se multiplier, elle devient un fléau pour ces arbres, qui perdent leur verdure, languissent et finalement se dessèchent.

Dans le centre et le nord de la France, on trouve une autre processionnaire, qui vit sur le chêne. Cette chenille est noire sur le dos, cendrée sur les côtés, jaunâtre sous le ventre. Elle est couverte de petits tubercules rougeâtres, portant chacun une houppe de longs poils blancs, terminés en crochet. Son papillon est d'un blanc nuancé de gris. Dans le mâle, les ailes supérieures sont rayées en travers de

Fig. 29. — La processionnaire du chêne.

quatre bandes étroites, sinueuses et brunes. Dans la femelle, qui est plus grande, elles n'ont qu'une bande; en outre, le ventre se termine par une forte brosse ou touffe de poils gris.

Le nid de soie que se construisent les processionnaires pour vivre en société, au nombre de sept à huit cents individus, est un grand sac grisâtre, qui atteint parfois un mètre de longueur, sur deux à trois décimètres de largeur et presque autant d'épaisseur. Du reste, ses dimensions et sa forme sont très-variables. Il est accolé contre le tronc du chêne, tantôt près de terre, tantôt à quelques mètres d'élévation. On le prendrait pour une excroissance ou bosse de l'arbre. Le même chêne en porte souvent plusieurs.

Les chenilles quittent leur demeure au coucher du soleil pour se répandre dans le branchage et brouter les feuilles. Comme à un signal donné, la plus voisine de l'orifice du nid sort et fait pause à une certaine distance pour donner aux autres le temps de prendre rang et de former le bataillon. Cette première chenille doit ouvrir la marche. A sa suite, quelques autres se disposent, une à une d'abord comme les processionnaires du pin; puis par plusieurs rangées de deux de front, puis par plusieurs rangées de trois, de quatre, de cinq, de dix et davantage. La troupe, au complet, se met en mouvement, subordonnée aux évolutions de son chef de file, qui marche toujours seul en tête de la légion, tandis que les autres, sauf les quelques premiers, s'avancent de compagnie. Les premiers rangs du corps d'armée s'élargissent d'une façon assez régulière, mais le reste est tantôt plus, tantôt moins développé et finit par former une masse confuse. Il y a quelquefois des rangées de quinze à vingt chenilles, marchant de front, d'un pas égal, comme des soldats bien disciplinés, de manière que la tête de l'une ne dépasse jamais la tête de l'autre. Parvenues dans la ramée de l'arbre, elles se dispersent et broutent toute la nuit. Une fois repues, elles rentrent au nid dans le même ordre.

Les processionnaires changent plusieurs fois de peau dans leur nid, qui finit par se remplir d'une fine poussière de poils brisés. Si l'on touche à ce nid, les poils s'attachent aux mains et causent une inflammation qui peut persister plusieurs jours. Il suffit même de se reposer au pied d'un chêne où les processionnaires sont établies pour recevoir dans le cou, sur les mains, sur le visage, la poussière irritante secouée par le vent et éprouver d'insupportables démangeaisons. Si l'on respirait la redoutable poussière, le mal serait encore plus grave. Vous aurez donc soin, mes petits amis, de ne jamais saisir avec les doigts la processionnaire du chêne; vous ne toucherez pas à ses nids, vous éviterez même leur voisinage si vous êtes sous le vent. Il convient enfin de tenir les animaux domestiques éloignés des lieux infestés par ces chenilles. On connaît des exemples de bestiaux devenus furieux pour avoir brouté quelques feuilles de chênes hantés par les processionnaires.

Pour se débarrasser de ces chenilles, malfaisantes à la fois par leurs poils irritants et par les dégâts qu'elles commettent, le mieux est de brûler leurs nids. Cette opération se fait en juillet. On choisit une journée pluvieuse afin que les chenilles soient rentrées dans leur gîte, et que la poussière des poils soit retenue par l'humidité. Pour plus de précautions, on se frotte les mains et le visage avec quelques gouttes d'huile. Alors, au moyen d'une longue perche armée d'un croc, on détache les nids, que l'on rassemble sur quelques branches sèches pour y mettre le feu. On traite de la même façon les nids des processionnaires du pin, mais il n'est pas nécessaire de prendre autant de précautions parce que les poils de ces chenilles ne sont pas aussi dangereux.

JULES. — Elle est bien curieuse, cette chenille du chêne, avec ses processions où l'on marche plusieurs de front; mais je n'aime pas ses poils. La peau me cuit rien que d'y songer. Elle doit avoir pourtant ses ennemis; vous nous avez dit que chaque espèce a les siens.

PAUL. — Elle en a et de terribles, qui se moquent de ses

poils à pointe recourbée et la croquent comme si de rien
n'était. C'est d'abord un gros carabique, le plus bel insecte
de nos pays. Sa longueur atteint un pouce. La tête et le
corselet sont d'un bleu sombre; les élytres, larges et gracieusement contournées en forme de cœur à l'extrémité,
sont d'un splendide vert doré avec les reflets rouges du
cuivre poli. Cette riche cuirasse vous éblouit quand on la
regarde au soleil. Ce carabique se nomme *calosome*, qui
veut dire beau corps. Les chenilles n'ont pas d'ennemi
plus acharné. Il grimpe au haut des arbres et fait sa ronde
d'une branche à l'autre. Dans son ardeur pour la chasse,
il exhale une odeur forte que l'on sent à dix pas. S'il rencontre une chenille, si grosse qu'elle soit, il la saisit par
un pli de la peau, l'éventre et lui dévore les entrailles.
Gare aux chenilles du chêne, s'il vient à surprendre leur
procession! C'est un loup dévorant qui tombe au milieu
d'un imbécile troupeau.

Sa larve fait mieux. Elle ressemble à celle du carabe
doré, mais elle est plus grande et d'un beau noir velouté.
Elle s'établit dans le nid des processionnaires, sans nul
souci des poils piquants. Là, choisissant les plus dodues,
elle croque les chenilles jusqu'à se mettre toute ronde.

Enfin un oiseau, le coucou, fait aussi grande consom-
mation des processionnaires; il bourre son jabot de ces
chenilles velues que nous ne pourrions toucher du doigt
sans démangeaisons. Pour une nourriture si épicée, le
coucou doit avoir certainement un estomac fait exprès.

XXIII. — Le Bombyx livrée.

Depuis que l'oncle leur avait raconté l'histoire des
processionnaires, Émile et Jules s'arrêtaient devant toute
chenille velue, espérant voir d'autres chenilles sortir de
quelque cachette et prendre rang à la suite de la première. Malgré les avis de l'oncle, peut-être même se
seraient-ils aventurés à visiter le nid de la processionnaire
du chêne, s'ils l'avaient rencontré. Voir défiler le bataillon quand il va pâturer, trouver le calosome se ruant sur

la procession, cela ne valait-il pas la peine de s'exposer à se gratter un peu ? Ils cherchèrent inutilement : Paul ne laissait pas de pareils nids s'établir dans son voisinage. Louis ne fut pas plus heureux, seulement un jour il revint des champs avec un rameau de poirier couvert de chenilles, dont l'oncle le soir même raconta l'histoire.

PAUL. — Louis a la main heureuse ; il nous apporte une chenille qui fait parfois de grands dégâts dans les jardins en broutant les feuilles des arbres fruitiers. On l'appelle *la livrée*, à cause de son cos-

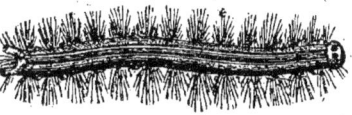

tume bariolé de diverses couleurs, disposées en raies bleues, rousses, noires et blanches, qui la parcourent d'un bout à l'autre du corps.

Fig. 30. — Chenille du Bombyx livrée.

Sur le milieu du dos, se trouve une raie blanche; puis viennent de chaque côté une bande rousse, une bande noire, encore une bande rousse, puis une bande bleue plus large encore que les autres, et enfin une troisième bande rousse. La tête est couleur d'ardoise avec deux taches noires. Enfin les flancs sont hérissés de houppes de poils roussâtres.

Le papillon appelé *Bombyx livrée*, a les ailes d'un jaune roussâtre, avec des bandes transversales plus claires sur les supérieures. Il pond ses œufs sur différents arbres, principalement sur les poiriers et les pommiers, et les dispose à

Fig. 31. — Bombyx livrée.

côté l'un de l'autre en une sorte de bague ou de bracelet autour d'un même rameau. Je peux vous les montrer, j'ai cela quelque part dans mes boîtes... Les voici.

Fig. 32. — Œufs du Bombyx livrée.

ÉMILE. — Oh ! comme ils sont bien arrangés l'un contre l'autre ; on dirait un ouvrage de perles !

JULES. — En haut, chacun est fermé par un couvercle.

LOUIS. — Il y en a d'ouverts et qui ressemblent à de petits pots. La chenille en est sortie.

JULES. — Le papillon qui dispose ses œufs de la sorte doit être bien adroit.

PAUL. — J'en conviens, mes enfants, le bracelet d'œufs du bombyx est un admirable ouvrage, mais il sort de là de bien détestables chenilles. La ponte a lieu dans le mois de juillet. Fixés entre eux et au rameau par un enduit glutineux qui devient très-dur en séchant, les œufs résistent aux plus violentes secousses quand le vent fouette le branchage; ils bravent également la pluie, la neige, le froid, et passant sans dommage l'hiver pour éclore en avril. A l'aide de ses mandibules, déjà robustes, la toute petite chenille fait sauter par morceaux le couvercle de l'œuf. Que le monde est grand, doit se dire la chétive bestiole en sortant la tête par le trou de sa coque; que le soleil est bon ! Ces feuilles tendres sont faites pour moi. — Et sans délai, le corps encore moite des humeurs de l'œuf, elle accourt aux bourgeons, dont les feuilles commencent à montrer la pointe verte. Le repas n'est pas copieux, il est vrai, mais l'appétit est bon. N'êtes-vous pas frappés comme moi, mes enfants, de cette robusticité de l'estomac des chenilles, qui, tout juste écloses, se mettent à brouter le feuillage? Avant la bouchée d'herbe, il faut à l'agneau le lait, cet aliment raffiné du jeune âge ; il en faut au chien avant l'os; il en faut au cheval avant la brassée de fourrage ; et la chenille, si faible, si petite, a pour premier repas une substance coriace, indigeste, qui les ferait périr, eux, relativement des colosses énormes. Les larves, mes amis, n'ont pas le temps de suivre ce régime, qui passe graduellement de l'aliment léger à l'aliment lourd à mesure que l'estomac se fortifie ; elles doivent d'emblai, sans préparation, manger de tout et beaucoup. Aucune ne manque à ses fonctions de grand mangeur ; traînant encore les débris de l'œuf, telle ronge pour première bouchée le bois de charpente, telle autre le grain le plus dur.

Lorsque tous les œufs d'un bracelet sont éclos, et que le premier appétit est satisfait, les jeunes chenilles se mettent à filer et construisent en commun une tente de soie englobant dans son intérieur le bouquet de feuilles de quelques bourgeons. Elles ont ainsi pour quelque temps des vivres à domicile, sans aller courir de çà et de là sur les branches. Repues, elles se rendent sur le haut de la tente et s'y disposent les unes à côté des autres comme sur une terrasse pour y prendre l'air. S'il vient à passer une guêpe ou tout autre insecte redoutable pour elles, les chenilles s'agitent brusquement, donnant des coups de tête à droite et à gauche pour effaroucher l'ennemi. Quand vient la fraîcheur, elles quittent la terrasse et rentrent dans leur appartement pour y passer la nuit.

De temps à autre, des expéditions sont entreprises sur la branche pour aller brouter autre part ; on économise ainsi les vivres de l'intérieur. Dans ces voyages, elles cheminent en procession à la file les unes des autres, comme celles du pin, mais avec moins de régularité. Il y a pêle-mêle des rangs d'une chenille, de deux, de trois, de quatre ; toutes s'avancent d'un pas égal et tranquille, comme les gens d'une colonie qui déménage et va chercher ailleurs un établissement ; toutes, d'un mouvement régulier, portent à tour de rôle la tête à droite et à gauche en bavant un fil qu'elles collent de distance en distance pour se faire une route de soie. Parfois la procession est interrompue par des chenilles qui font halte. Parfois la longueur du voyage lasse les moins aventureuses ; alors la procession s'arrête et les chenilles s'attroupent, sans doute pour délibérer en ces graves occurrences. La décision prise, les unes s'en retournent au nid par le chemin de soie, les autres poursuivent la route.

On arrive. Si l'emplacement exploré leur convient, si les feuilles y sont abondantes et tendres, on se le dit et toutes déménagent de la première station. Les peuples nomades, quand ils abandonnent un campement pour un autre, plient leurs tentes et les emportent avec eux : il serait trop coûteux d'en tisser de nouvelles. Les chenilles n'ont souci de la dépense ; elles abandonnent leur première tente sans se retourner une seule fois de regret. N'ont-elles pas en abondance de la soie pour en fabriquer une toute neuve ; à quoi bon embarrasser de lourdes guenilles la tribu en voyage ? On déménage donc sans rien emporter, et, sur l'emplacement choisi, une nouvelle tente est tissée, plus ample que la première et renfermant comme elle une provision de rejetons feuillés.

Cette provision finie, la colonie se transporte ailleurs et se fait une demeure encore à nouveau frais, de sorte que l'on peut suivre sur le poirier les divers campements des chenilles, marqués chacun par une toile abandonnée. Enfin, quelques semaines avant de s'enfermer dans le cocon pour la métamorphose, les membres de la tribu se dispersent qui d'ici qui delà et vont désormais seul à seul.

Dans le courant de juin, la chenille travaille à son cocon. A cet effet, elle rapproche deux ou trois feuilles avec des cordons de soie, et, dans cet abri, se file une coque blanche, saupoudrée d'une poussière jaune semblable à du soufre. Le papillon éclot dans les premiers jours de juillet.

Le bombyx livrée est très-préjudiciable aux arbres fruitiers, qu'il dépouille parfois de toutes leurs feuilles. On doit faire la chasse aux bracelets d'œufs que je vous ai fait connaître. On a tout l'hiver pour cette recherche, que rend facile l'absence des feuilles, si toutefois l'arbre est peu élevé. Si l'arbre est trop haut pour qu'on puisse du regard explorer le branchage, on attend le printemps et l'on détache les tentes de soie au moment où les chenilles y sont rassemblées. Les tentes et les œufs recueillis sont immédiatement brûlés.

XXIV. — Le Bombyx disparate.

PAUL. — La chenille du bombyx livrée n'est pas la seule à dépouiller de leurs feuilles les arbres fruitiers ; il y en a d'autres et de plus redoutables encore. L'une d'elle m'a dans le temps donné bien des soucis. Malgré mes soins et ceux de Jacques, le verger fut brouté jusqu'à la dernière feuille et mis nu comme en plein hiver. Mais aussi, qui peut résister à ces dévorants quand il s'attablent à nos arbres par milliers et milliers. Plus de cerises alors, mon pauvre Jules, plus de poires fondantes, le régal du goûter.

JULES. — Quel dommage si ces bandits revenaient !

PAUL. — Ils ne reviendront pas, je l'espère ; je les ai traités de manière à leur en ôter l'envie. Apprenons toutefois à les connaître pour que chacun leur fasse la réception que je leur fis.

Fig. 33.—Bombyx disparate, femelle.   Fig. 34.—Bombyx disparate, mâle.

Vous voyez ces deux papillons, l'un plus grand, et l'autre plus petit, de couleurs et de dessins différents. Ils ne se ressemblent pas du tout, et cependant c'est la même espèce. Le plus petit est le mâle, le plus gros est la femelle. Pour rappeler cette dissemblance des deux sexes, on donne à ce papillon le nom de *bombyx disparate*.

Le mâle a les ailes supérieures grises, traversées par des raies sinueuses très-obscures, et les inférieures brunes avec le bord plus foncé. La femelle, du double plus grande, a les ailes d'un blanc jaunâtre, ornées de traits noirs en zig-zag, ce qui fait donner à ce papillon le nom vulgaire de *zig-zag*. Elle a au bout du ventre une grosse touffe de poils roux, qui se détachent au moment de la ponte et couvrent les œufs d'une espèce de matelas soyeux que l'on prendrait, à sa couleur, pour un morceau d'amadou. Sous ce moelleux abri, les œufs pondus en une masse oblongue sur l'écorce des arbres, passent l'hiver pour éclore en mai. Parvenue à tout son développement, la chenille a de 6 à 7 centimètres de longueur. Pour un mangeur de cette taille, il faut, vous le comprenez, abondante pâture. Elle est d'un brun noir, avec un réseau de très-fines lignes pâles. Chaque anneau du corps porte en travers une rangée de tubercules bleus sur les cinq premiers anneaux, couleur de rouille sur les suivants, et couronnés tous par un faisceau de longs poils roux. Ces poils pénètrent facilement dans les doigts. Il faut donc toucher la chenille avec précaution, et se garder surtout de porter après la main aux lèvres, aux narines, aux yeux, au cou, enfin partout où la peu est très-délicate.

Tout est bon pour la chenille de bombyx disparate ; arbres fruitiers, arbres forestiers, sont indifféremment broutés. Comme la chenille est grande, quelques douzaines suffisent pour dépouiller un arbre de sa verdure. Aussi connaît-on des exemples d'années calamiteuses où, la terrible engance se trouvant en nombre, des cantons entiers ont été ravagés comme par le feu.

La métamorphose a lieu en été. La chenille se réfugie alors dans quelque crevasse de l'écorce des arbres, entre les pierres des murailles, sous les corniches des murs, et se file un misérable cocon de soie grise, si mince, si troué, que la chrysalide y est à peine renfermée. C'est plutôt un réseau qu'un cocon. Parfois même la matière à soie fait tellement défaut, que la chrysalide est simplement suspendue par la queue sous quelque abri. L'insecte parfait éclot en fin juillet. Immédiatement après, la ponte a lieu.

Pour détruire ce bombyx, on fait la chasse aux œufs et aux chenilles. L'automne et l'hiver, on recherche les œufs, faciles à reconnaître à leur matelas de poils roux, et placés d'habitude à la portée des yeux, à une faible hauteur sur le tronc des arbres. Aussitôt recueillis, on les passe par le feu. La chasse aux chenilles se fait pendant l'été. Au moment de la plus forte chaleur du jour, les chenilles se réfugient sous les grosses branches et s'y rassemblent en rangées parallèles; d'autres fois, elles se retirent dans quelque pli de l'écorce. Avec un tampon emmanché au bout d'une perche, on les écrase sur place.

Terminons par le joli papillon que voici. On le nomme *bombyx tête-bleue* à cause de la couleur bleuâtre de sa tête. Les ailes supérieures sont brunes avec deux taches pâles en forme de haricot accolées l'une à l'autre; les ailes inférieures sont d'un gris cendré avec un trait noir au bord. La tête

Fig. 35. — Bombyx tête-bleue.

et le devant du corselet sont d'un bleu cendré. Sa chenille vit sur le pêcher, l'abricotier, l'amandier, le cerisier, et surtout sur les haies d'aubépine. Elle est d'un blanc cendré, avec trois bandes longitudinales jaunes et de petits tubercules noirs, surmontés chacun d'un poil raide et court. Vers la fin de juin, elle se construit sur les branches des arbres un solide cocon de soie blanche. Quelques papillons éclosent en automne, d'autres attendent le printemps et passent la mauvaise saison à l'état de chrysalide. Le bombyx tête-bleue ne vole que la nuit, aussi est-il rare de voir l'insecte parfait, bien que la chenille soit commune. Pour en débarrasser les jardins, il n'y a guère d'autre moyen que de secouer les arbres infestés. Les chenilles, très-paresseuses, se laissent tomber facilement. On les écrase à mesure sous le pied.

XXV. — Le Bombyx chrysorrhée.

Jules. — Je me rappelle que l'hiver dernier, un dimanche, c'était en décembre ou janvier je crois, M. le maire avait fait afficher un écrit à la porte de la commune.

On le lisait au sortir de la messe. Sur ce papier, il était question de chenilles; M. le maire ordonnait d'en détruire les nids.

PAUL. — Dans notre intérêt à tous, M. le maire rappelait la *loi sur l'échenillage.*

JULES. — Comment! on a fait une loi sur les chenilles, une loi qui parle d'amende si l'on n'obéit!

PAUL. Mais oui, mon enfant, on a fait une loi sur les chenilles, et j'en remercie le législateur à qui cette bonne idée est venue. Plaise à Dieu qu'elle devienne plus générale, qu'elle embrasse un plus grand nombre d'ennemis, le hanneton en particulier, et qu'elle soit sévèrement appliquée.

JULES. — Cela doit contrarier les gens de laisser leurs affaires pour recueillir et brûler des nids de chenilles. Jean le Borgne le disait du moins en lisant l'écrit de M. le Maire.

PAUL. — Laisser leurs affaires, y songez-vous donc? Est-ce abandonner ses affaires que de prendre des précautions pour sauvegarder les récoltes, toujours menacées? Une loi, mon petit ami, est un règlement fait en vue du bien-être général; nous lui devons tous respectueuse obéissance. S'il se trouve des esprits étroits, des insouciants, des Jean le Borgne enfin que cela contrarie, tant pis pour eux; ils doivent obéir quand même parce que l'intérêt de tous ne doit pas être compromis par la sottise de quelques-uns.

L'affiche de M. le maire avait surtout rapport à une chenille dont les dégâts en certaines années sont de véritables calamités. Elle est si fréquente dans le centre et le nord de la France, qu'on l'appelle tout court *la commune.* On la rencontre partout, sur les arbres fruitiers et les arbres forestiers, dans les allées des jardins, sur les plantes, les haies, les écorces, quelquefois en légions innombrables.

Elle est d'un brun noir avec six rangées de tubercules de même couleur, couronnés par une aigrette de longs poils roux. Sur le dos sont disposées deux files de taches

blanches et des points rouges. L'anneau auquel est attaché la dernière paire de fausses pattes et le suivant, ont
chacun au milieu un mamelon rouge et charnu qui peut
rentrer dans la peau ou en sortir au gré de l'animal. Le
papillon est entièrement blanc, sauf l'abdomen qui est
brun. La femelle porte en outre au bout du ventre une
épaisse touffe de poils roux.

LOUIS. — Comme le bombyx disparate.

PAUL. — Parfaitement. Pour les deux espèces, l'usage
de cette touffe de bourre est le même. La ponte faite, le
papillon se frotte le bout du ventre et détache la toison
rousse qu'il dispose en couverture sur les œufs, au nombre
de trois à quatre cents. La ponte a lieu en juillet. Les œufs
sont roses et disposés en tas sur une feuille.

ÉMILE. — S'ils sont pondus sur une feuille, ils doivent
tomber de l'arbre à la chute du feuillage et périr em-
portés par le vent.

PAUL. — Le papillon qui dépose ses œufs sur une feuille
sait fort bien ce qu'il fait. Le bombyx livrée et le bombyx
disparate, dont les œufs doivent passer l'hiver et n'éclore
que le printemps suivant, se garderaient bien au contraire de les confier à une feuille destinée à tomber bientôt. Le premier les colle solidement sur un rameau en un
bracelet dont vous avez admiré la structure élégante; le
second les dépose sur l'écorce du tronc avec un matelas de bourre. D'où leur vient cette science de l'avenir?
qui leur a dit que les feuilles tombent et seraient pour leur
famille un établissement sans stabilité? Ce n'est pas l'expérience car les deux bombyx n'ont jamais vu les feuilles tomber: la petite chenille sort de l'œuf quand il y a
déjà des feuilles pour la nourrir, le papillon qui en provient
pond ses œufs et meurt avant la chute des feuilles. Si ce
n'est l'expérience, c'est donc l'incompréhensible inspiration de l'instinct, qui voit l'invisible et connaît l'inconnu,
parce qu'il y a une Souveraine Intelligence, qui sait tout,
prévoit tout, dispose tout.

Le bombyx chrysorrhée obéit lui aussi à la prescience
de l'instinct quand il pond ses œufs sur une feuille, car

leur éclosion doit se faire bien avant la chute de celle-ci, dans la dernière quinzaine de juillet.

ÉMILE. — C'est un malin, ce papillon; il connaît l'ordre des saisons comme s'il savait l'almanach par cœur.

PAUL. — Je ne vous ai pas tout dit. Un autre motif guide le papillon dans son choix. En déposant ses œufs sur une feuille, le bombyx met la nourriture à la portée immédiate des jeunes chenilles, qui n'ont pas besoin, en sortant de la coque, d'aller courir sur les rameaux, chose toujours périlleuse en ce premier âge. Il évite à sa famille le souci des vivres au moment de l'éclosion, et c'est autant de gagné sur les mauvaises chances qui nous attendent tous en ce monde, gens, bombyx et chenilles.

JULES. — S'il avait la raison, il ne ferait pas mieux.

PAUL. — Peut-être ferait-il moins bien, mon enfant. Manque-t-il de gens hélas! qui n'ont pas sa prévoyance? Le papillon laisse à ses chenilles une feuille pour héritage, une feuille à mettre sous la dent; le dissipateur, le fainéant, laissent à leur famille l'affreuse misère. Ces gens-là n'ont pas la sagesse de la bête.

XXVI. — Le réfectoire.

PAUL. — En fin juillet, les œufs éclosent. Alors à travers le matelas de bourre, de petites têtes apparaissent, d'ici, de là, écartant le duvet qui les gêne. La chenille la première libérée s'avance sur la feuille et se met à brouter la face supérieure, qu'elle râtisse légèrement sans toucher à la face inférieure ni aux nervures; elle ne mange que la matière pulpeuse contenue dans l'épaisseur. A mesure que l'éclosion se poursuit, un autre convive vient se mettre à côté du premier, puis un troisième, un quatrième, jusqu'à ce que toute la largeur de la feuille soit occupée. Ainsi se forme un premier rang de chenilles, ayant toutes la tête sur une même ligne droite et laissant en avant une certaine étendue inoccupée. La nouvelle chenille qui sort de la touffe de bourre commence une seconde rangée en se mettant à la queue de l'une des précédentes ; d'autres se disposent à sa droite et à sa gauche. Cette rangée finie, une troisième se fait de la même manière, et puis d'autres encore, si bien qu'en peu de temps toute la surface de la feuille est occupée, sauf la partie antérieure. Si une feuille ne suffit pas pour la nichée entière, les dernières venues vont s'établir dans un ordre pareil sur les feuilles voisines.

Les voilà toutes attablées. La discipline la plus sévère règne dans ce réfectoire d'une feuille : chaque chenille ronge le point juste en face de sa tête, sans incliner à droite ou à gauche, ce qui diminuerait la part des voisines; sans dépasser en avant la ligne de front, ce qui ébrècherait les provisions futures ; sans reculer, ce qui troublerait les rangs de l'arrière. Dans ces conditions, quelques bouchées, pas plus, reviennent à chacune des chenilles. C'est bien peu quand on a l'appétit d'une larve. Il en faut d'autres, mais comment faire ? Se répandre au hasard sur les premières feuilles venues ? Très-largement, il y a place pour toutes sur l'arbre. Mais ce serait grave imprudence : il faut rester ensemble car l'association est la force des faibles, il faut rester ensemble pour en imposer aux ennemis. Faire chacune à sa tête sans se quitter, et ronger telle place que l'on voudra sur la même feuille, a des inconvénients non moins sérieux. La confusion amènerait le gaspillage, et puis bien difficilement toutes auraient leur part : les unes regorgeraient de vivres à côté d'autres qui périraient de faim. Dans ce désordre, on échangerait des coups de mandibules pour trouver où s'attabler, on se disputerait à mort un petit coin de la feuille, et la guerre civile les décimerait car il n'y a pas de plus mauvais conseiller que le ventre. L'ordre seul peut les tirer d'affaires, l'ordre qui sauvegarde les sociétés des hommes comme les sociétés des chenilles.

JULES. — Comment font-elles donc ?

PAUL. — Nous y sommes. Chaque chenille, vous disais-je, ne ronge que le point en face de sa tête. Il y a donc de non brouté d'abord toute l'étendue que chacune d'elles recouvre de son corps, et puis la partie antérieure de la feuille, laissée libre. La première rangée de chenilles s'avance à la fois d'un pas et trouve ainsi sur la partie libre une seconde ration ; mais, en même temps, elle laisse à découvert en arrière une bande d'un pas de largeur, que le second rang vient brouter en avançant, tandis qu'il abandonne à la troisième rangée une bande semblable, et ainsi de suite. Un pas en avant pour la troupe entière met donc chaque rang en possession de la bande laissée à découvert par le rang qui précède. Quant à la rangée ouvrant la marche, elle pâture petit à petit la partie antérieure de la feuille, non occupée à dessein au début. Lorsque pas à pas le bout de la feuille est atteint, chaque chenille a rongé une bande de la longueur et de la largeur de son corps. Le premier repas est alors fini. Vous le voyez, avec de l'ordre et de l'économie, une centaine et plus de chenilles ont place toutes au réfectoire sur le dos d'une feuille, et toutes ont ration parfaitement égale, comme guidées par la mesure et le poids.

JULES. — La bête, avec ses instincts, est bien admirable, mon oncle ; c'est chaque jour de nouvelles surprises.

PAUL. — Ce n'est pas l'animal qu'il faut admirer, mon cher enfant ; les merveilles qu'il accomplit ne sont pas le fruit de ses réflexions. Un vermisseau traînant la coque de son œuf ne peut avoir des idées sur l'ordre, l'économie, l'association, quand, pour les posséder, l'homme a besoin de toute la maturité de sa raison. C'est à la Sagesse infinie que doit revenir notre admiration, cette sagesse qui régente le monde et dont l'empreinte ineffable se retrouve jusque dans un troupeau de chenilles broutant le dos d'une feuille.

La première faim apaisée, les chenilles se construisent un abri contre la pluie et les ardeurs du soleil. Du côté rongé, la feuille s'est plus desséchée que de l'autre et de la sorte a pris d'elle-même une forme concave en dessus, ce qui la rend très-convenable pour le plancher et les parois de l'habitation. Quant au plafond, il doit être en soie. De l'un à l'autre des bords relevés de la feuille, les chenilles tendent des fils pour consolider l'édifice et pour servir de charpente à la toiture ; enfin elles tissent une toile sur ce réseau de cordages. Cela forme une tente provisoire, où les chenilles se réfugient le soir pour y passer la nuit après avoir vagabondé sur le feuillage la plus grande partie du jour et pâturé tantôt sur une feuille tantôt sur une autre. Elles s'y blottissent également quand la chaleur est trop forte ou que le temps menace. C'est un logement construit à la hâte, de peu de durée et d'ailleurs insuffisant pour les contenir toutes. D'autres tentes sont donc construites sur des feuilles rongées, et les chenilles vivent quelque temps séparées par petites familles.

Mais quand soufflent les premiers vents pluvieux d'automne, en septembre ou octobre, un grand édifice est construit où toutes doivent se rassembler pour passer en commun l'hiver. C'est un gros paquet de soie blanche et de feuilles sèches, sans forme déterminée. L'intérieur est divisé par des cloisons de soie en nombreux appartements, où l'on peut se rendre par des trous ménagés à dessein à travers les enceintes multiples du nid. Chaque enceinte de toiles a ses portes, qui, sans être disposées en enfilade, permettent une libre circulation. Enfin le nid commun, quoique fait d'une soie extrêmement fine, est d'une solidité à l'épreuve du vent et des intempéries, car les chenilles y emploient un nombre très-considérable de toiles, disposées les unes au dessus des autres et formées d'une quantité prodigieuse de fils. Lorsque les premiers froids se font sentir, toutes s'enferment, les portes sont barricadées avec de la soie, et c'est fait : maintenant la bise peut souffler, la neige peut tomber. Courbées sur elles-mêmes, serrées l'une contre l'autre, les chenilles dorment du profond sommeil qu'amène le froid ; elles restent engourdies dans leur maison de soie jusqu'à ce que la chaleur du printemps les réveille aux premières feuilles.

ÉMILE. — Et de tout l'hiver elles ne mangent rien ?

PAUL. — De tout l'hiver, y compris une partie de l'automne et du printemps, elle ne prennent aucune nourriture. Leur jeûne est de six mois, jeûne absolu qui doit leur creuser l'estomac d'une belle manière.

ÉMILE. — Elles doivent avoir bien faim quand elles se réveillent.

PAUL. — Tellement faim, quelles se jettent sur les feuilles qui poussent, les fleurs qui éclosent et en moins de rien font table rase d'un verger. Si les nids sont abondants, des forêts entières sont broutées jusqu'à la dernière feuille.

ÉMILE. — Et alors ?

PAUL. — Pour prévenir ces dégâts, on se conforme à l'affiche de M. le maire. Pendant l'hiver, on détache des arbres, des haies, des buissons, les terribles paquets de feuilles et de soie et l'on brûle les nids avec leurs habitants. Au printemps, il serait trop tard: les chenilles auraient déménagé.

XXVII. — Le hanneton.

JULES. — L'affiche de M. le Maire ordonnant l'échenillage dans toute la commune, est une excellente mesure, je le comprends, puisque si, par insouciance, on les laissait faire, les chenilles nous dévoreraient tout. Vous disiez même qu'un règlement semblable serait à souhaiter contre le hanneton. Je ne vois pas trop le mal qu'il fait. Il nous amuse tant lorsque, retenu par un long fil, nous le faisons voler en rond!

PAUL. — Qu'il vous amuse, et beaucoup, j'en conviens. Comme vous, mes enfants, j'ai connu ces plaisirs du jeune âge. Aux premières feuilles, c'est bien une telle affaire! Le soir, on se retire dans un coin pour se raconter des histoires, où il y a des loups, des forêts bien noires, des voleurs; on parle du hanneton qui est arrivé; on fait des projets pour le lendemain. On se lèvera bien matin pour secouer les arbres et faire tomber les insectes endormis; on aura une boîte percée de trous pour les mettre, des feuilles fraîches pour les nourrir. A la première aube, on est debout. On visite les saules, les peupliers, les haies d'aubépine humides de rosée. La chasse est bonne, les hannetons tombent comme grêle: en voilà dix, en voilà douze, en voilà vingt. C'est assez. On retourne à la maison avec les captifs qui grouillent et bruissent dans un vieux bas, dans le mouchoir, dans la casquette; on fait provision de feuilles. Maintenant il faut essayer les bons. L'insecte, attaché par la patte avec un long fil, est mis au soleil; il gonfle et dégonfle le ventre, il soulève les élytres, il déploie les ailes, et voun, voun, voun!!! le voilà parti. Il est bon. — Oh! belles joies du temps des hannetons, joies enfantines, qu'êtes-vous devenues! Gardez-les, mes enfants, le plus longtemps possible; les autres ne les valent pas.

ÉMILE. — Moi je n'attache pas le hanneton par une patte; avec une aiguille, je passe le fil à travers la pointe du bout du ventre.

PAUL. — Il paraît que la mode a changé, car toute chose se raffine et toujours se raffinera même au sujet des hannetons. De mon temps, on attachait l'insecte par la patte, c'était moins douloureux pour la pauvre bête. Mais là n'est pas la question. Très-volontiers, vous le voyez, je ferais grâce au hanneton en faveur des amusements qu'il vous procure et de ceux qu'il m'a procurés. Nous sommes quatre ici. A l'unanimité le déclarons-nous innocent?

JULES. — Oui; je lui donne ma voix.

LOUIS. — Je lui donne la mienne.

ÉMILE. — Et la mienne donc! J'en ai six dans ma boîte; Jules les a pris hier en secouant un poirier. Il y en a deux qui volent, mais qui volent; vous verrez.

PAUL. — Le plaidoyer commence. — Le hanneton est d'abord une larve qui trois ans vit en terre tandis que l'insecte parfait ne vit lui-même sur les arbres que de dix à quinze jours. C'est ici que les affaires se compliquent et que le procès prend une terrible tournure pour le hanneton. Cette larve est vulgairement connue sous les noms de *ver-blanc*, de *man*, de *turc*. Que voyez-vous là? Un gros ver pansu, de démarche lourde, courbé sur lui-même, de

couleur blanche avec la tête jaunâtre. Regardez encore
Le gros ver a six pattes qui lui servent, non à courir à la
 surface du sol, mais à ramper sous
terre; des mandibules fortes, aptes à
trancher les racines des plantes. Sa tête,
afin de fouiller avec plus de vigueur, a
pour crâne une calotte de corne. Regardez toujours. Le ventre est distendu par
la nourriture, qui apparaît en teinte
noire à travers la peau de la bedaine,

Fig. 36. — La larve du
hanneton ou ver
blanc.

tant et tant que le ver ne peut se tenir
sur ses jambes et se couche paresseuse-
ment sur le flanc. Cette larve vit trois ans, toujours sous
terre, creusant d'ici et delà des galeries à la manière des
taupes et vivant de racines. Tout lui est bon : racines des
herbes et des arbres, des céréales et des fourrages, des
plantes potagères et des végétaux d'ornement. L'hiver,
elle s'enfonce profondément en terre et s'engourdit; au
printemps, elle remonte dans les couches supérieures,
s'installe aux racines et passe d'une plante à l'autre à
mesure que le mal est fait. Vous avez dans le jardin
un beau carré de laitues; sans motif apparent, un jour
tout se flétrit. Vous tirez à vous: le plant fané vient
sans racine, le ver-blanc l'a tranchée. Vous avez une
pépinière d'arbustes que vous choyez comme vos yeux.
L'affreux ver passe par là : la pépinière n'est plus bonne
qu'à faire des fagots. Vous avez semé quelques hectares
de froment ou de colza, vous avez dépensé en engrais
et en labours des sommes considérables, mais la récolte promet d'être belle et de vous dédommager largement. Le *turc* monte de terre, adieu la récolte :
les tiges se dessèchent sur place, elles n'ont plus de
racines. Quand ce terrible ver envahit un pays, la
famine serait certaine si la facilité des communications
ne permettait l'arrivée des vivres d'autres contrées. Aujourd'hui, progrès énorme, grâce aux moyens de transport et aux progrès du commerce, on ne meurt pas de
faim dans une province quand le *ver-blanc* a ravagé les

champs; on ne meurt pas de faim mais que de misères amène la dévorante larve : bon an mal an, dans l'étendue seule de la France, elle détruit pour des millions et des millions.

ÉMILE. — Mes pauvres hannetons! Votre procès me paraît bien perdu. Je ne vous savais pas si méchants avant d'être hannetons.

JULES. — Il y en a donc des quantités prodigieuses?

PAUL. — Des quantités effrayantes. Lorsqu'un champ est envahi par ces larves, la terre, minée dans tous les sens, n'a plus de consistance et s'effondre sous les pieds. Une année, dans le département de la Sarthe, les ravages devinrent tels, qu'il fallut recourir à l'extermination en règle. On fit en grand la chasse aux hannetons. On en prit 60,000 décalitres, pouvant contenir environ 5000 hannetons chacun. Le total des insectes s'élevait donc à 300 millions.

ÉMILE. — Est-ce beaucoup?

PAUL. — Je vois ce que vous désirez : vous ne comprenez pas trop la valeur de ce nombre. Eh bien, sachez que pour compter un à un ces 300 millions de hannetons, un homme mettrait plus de vingt ans en employant à ce travail 10 heures chaque jour.

ÉMILE. — Oh! que de hannetons! Et moi qui priais tant Jules de me donner les six qu'il a pris hier. Si je m'étais trouvé là, j'avais de quoi choisir.

PAUL. — Dans le département de la Seine-Inférieure, on a pu constater en moyenne la présence de 23 *mans* par mètre carré, ce qui fait 230,000 dévorants par hectare, contenant 100,000 pieds de betterave. A ce compte, chaque racine était rongée par deux vers au moins. En admettant 80,000 pieds de colza par hectare, à chaque pied trois vers étaient attablés. Il est bien entendu que, dans ces conditions désespérantes, le colza ne fait plus de l'huile et la betterave du sucre. Tout périt avant l'heure. Dans la seule année de 1866, la Seine-Inférieure perdit de la sorte pour 25 millions.

XXVIII. — Le hanneton.

(*Suite*).

Émile. — Vous en direz tant, mon oncle, que le hanneton finira par perdre mon estime.

Louis. — Il a perdu la mienne pour toujours ; mais comment en débarrasser la terre.

Paul. — Il n'y a qu'un moyen, un seul : ramasser les vers-blancs et les hannetons. Nous pouvons bien compter dans une certaine mesure sur le concours des taupes, des hérissons, des carabes, des corbeaux, des pies, des corneilles, qui font la chasse aux larves, surtout dans les terres nouvellement remuées ; nous pouvons compter aussi sur une foule d'oiseaux, pies-grièches, moineaux et autres, qui mangent les hannetons ; mais le nombre des ennemis est si grand, que la destruction par ces moyens naturels est tout-à-fait insuffisante. Il nous faut intervenir énergiquement nous-mêmes. Qui des deux aura les biens de la terre, l'homme ou le hanneton ? L'homme, s'il veut s'en donner la peine, s'il entreprend et continue une guerre d'ensemble contre l'insecte et sa larve.

Le ver-blanc, vous disais-je, s'enfouit plus ou moins suivant la saison. En hiver, il descend à un demi-mètre, profondeur où il est à l'abri de la gelée. Quand la température s'adoucit, il remonte pour être à portée des racines, et dès les premiers jours d'avril un labour de 20 centimètres peut l'atteindre. On choisit donc un moment favorable pour donner à la terre des labours qui ramènent les larves à la surface. Des femmes et des enfants qui suivent la charrue, ramassent les vers-blancs dans les sillons. On a vu un hectare de terrain donner par ce moyen de 200 à 300 kilogrammes de vers.

Jules. — Que fait-on de cette vermine ?

Paul. — On l'enfouit en terre avec de la chaux. Le tout devient un excellent engrais ; l'ennemi des récoltes sert à les faire pousser.

Louis. — Voilà pour les larves, restent les hannetons.

Paul. — La chasse aux hannetons est plus facile. Ils sortent de terre vers le mois d'avril, pour se répandre sur les arbres. Leur durée à l'état parfait ne dépasse guère dix à quinze jours, mais comme ils n'abandonnent pas tous à la fois le sol où les larves ont vécu, on en trouve jusque vers la fin du mois de mai. Si le temps est froid ou pluvieux, ils restent accrochés sous les feuilles, sans mouvement; si la température est chaude, ils volent le soir par nuées jusqu'au milieu de la nuit; puis ils s'abattent sur le feuillage, où le matin on les trouve presque engourdis. C'est le bon moment pour les prendre, vous le savez tout aussi bien que moi. Lorsque les hannetons menacent, on se met donc à secouer de grand matin les arbres et les haies et l'on recueille les insectes dans des sacs, pour les enterrer après avec de la chaux vive. La chasse doit se continuer sans relâche jusqu'à la fin de mai, elle doit se faire avec ensemble sinon les hannetons des voisins insouciants viendront dans les autres cultures et rien ne sera fait. Voilà pour quel motif un règlement serait à souhaiter sur le *hannetonnage,* comme nous en possédons un déjà sur l'*échenillage.*

Émile. — Les hannetons ne mangent que des feuilles, et vivent peu de temps. Ils ne doivent pas faire les mêmes dégâts que les larves. Alors pourquoi les détruire avec tant de rigueur?

Paul. — Les dégâts des hannetons sont peu de chose, il est vrai, par rapport à ceux des larves; mais oubliez-vous, mon petit ami, que les hannetons pondent dans la terre les œufs d'où les larves proviennent? Chaque couple produit un assez grand nombre d'œufs; admettons une cinquantaine. Lorsque, dans le département de la Sarthe, on a recueilli 300 millions de hannetons, on a donc délivré les récoltes futures de sept mille cinq cents millions de vers.

A ce nombre effroyable, Émile fit un bond et disparut dans l'appartement voisin. On l'entendait frotter des pieds la terre. Ah! les affreuses bêtes, les bêtes goulues,

disait-il, en écrasant sous les pieds les six hannetons de
sa boîte. L'exécution faite, il revint. L'oncle riait de son
transport de colère.

PAUL. — Vous pouviez les garder vos six hannetons,
mon enfant, sans compromettre l'avenir de la France;
vous pouviez leur chanter vole, vole! sans nous attirer
la famine. Six de plus, six de moins, ne sont rien au
total.

Pendant que Jules et Louis riaient aussi, l'oncle prit
parmi ses livres un grand journal à couverture bleue;
puis il lut ce qui suit à haute voix.

PAUL. — « La multiplication des hannetons a pris cette
année, 1868, sur plusieurs points de la France, mais parti-
culièrement en Normandie, des proportions qui ont jeté
l'épouvante dans les campagnes. Ce que ces insectes ont
causé de ravages est à peine croyable. Dans la plupart des
communes, les arbres ont été dépouillés entièrement de
leurs feuilles. Le soir, l'air en était encombré à tel point
qu'on pouvait à peine circuler. Presque partout, des
battues ont été organisées et les ramasseurs recevaient de
la mairie de 4 à 6 francs par cent litres de hannetons.
A Fontaine-Mallet, près du Havre, en quatre jours on a
recueilli 4059 kilogrammes de hannetons. L'instituteur
s'est mis à l'œuvre avec ses élèves; 440 kilogrammes de
hannetons ont été le fruit de la chasse d'un jeudi. Tous
ces insectes ont été voiturés au Havre à pleins chariots
et jetés à la mer. En beaucoup de localités, on les apportait en si grand nombre aux mairies, qu'on ne savait
plus qu'en faire; l'atmosphère en était empestée. A Rouen,
en plusieurs endroits, chaque matin on les réunissait par
tas, on les couvrait de brindilles, de feuilles sèches, de
ronces et d'épines et l'on y mettait le feu. »

PAUL. — Écoutez encore. Voici ce que dit un autre
livre:

« En 1668, les hannetons détruisirent toute la végétation
d'un comté de l'Irlande, à tel point que la campagne avait
l'aspect mort de l'hiver. Le bruit de leurs mandibules
broutant le feuillage des arbres, ressemblait au sciage

d'une forte pièce de bois; le soir, on eut pris le bourdonnement de leurs ailes pour le roulement lointain des tambours. Enveloppés par la nuée d'insectes, aveuglés par cette grêle vivante, les habitants y voyaient à peine pour se conduire. La famine fut horrible; les malheureux Irlandais en étaient réduits à manger les hannetons. »

JULES. — Eh bien, Émile, le moment eut été mal choisi de chanter vole, vole !

PAUL. — Maintenant que dites-vous de ceci? C'est moins lamentable que la famine de l'Irlande, mais de nature à vous renseigner sur les prodigieuses légions de hannetons en certaines années. En 1832, dans le voisinage de Gisors, une diligence fut enveloppée le soir par une nuée de hannetons. Les chevaux aveuglés, terrifiés, refusèrent opiniâtrément d'avancer. Il fallut rebrousser chemin, la nuée bourdonnante barrait la route à l'attelage. — Il y a une trentaine d'années, après avoir ravagé les vignobles des environs, les hannetons s'abattirent sur Mâcon. On les ramassait dans les rues à pelletées ; pour circuler, il fallait s'ouvrir un passage dans la nuée par de rapides moulinets de canne.

L'oncle ferma le livre. Personne ne dit mot en faveur du hanneton ; ils avaient tous compris que c'est là un ennemi des plus redoutables, avec lequel il faut très-sérieusement compter.

XXIX. — Le Rhynchite [1] et l'Eumolpe de la vigne.

Un matin, Jules allait au moulin avertir que le blé de l'oncle était prêt pour la mouture. En sortant du village, le chemin côtoyait quelques arpents de vignes assez mal tenus ; les mauvaises herbes, les chardons y venaient en liberté. Les ceps cependant réjouissaient le regard par la fraîcheur printanière des pousses tendres et vertes, avec leurs grappes de fleurs encore en boutons et

[1] Prononcez Renkite.

4

leurs vrilles pleines d'un suc aigrelet. Des feuilles
fanées et chiffonnées, d'autres sèches et recroquevil-
lées gâtaient bien un peu les pampres, mais elles
étaient en petite quantité, et Jules d'abord n'y fit pas
attention. Puis, dans la dernière moitié de la vigne, elles
devinrent si nombreuses, que les pousses semblaient
avoir été rôties par le passage de la flamme. — Quelque
ravageur est au travail ici, se dit l'enfant, dont le coup
d'œil se formait chaque jour à l'observation ; examinons
cela de près. — Les pampres faisaient pitié à voir : à mesure que la sommité de la pousse, enveloppée de duvet,
s'allongeait et s'exténuait à produire de nouvelles feuilles,
des grappes et des vrilles, les feuilles inférieures pen-
daient flétries ou sèches et roulées en forme de cigares.
Tout à côté se rencontrait souvent un insecte à long
bec, un charançon d'un splendide vert métallique. A
coup sûr, le beau charançon était l'auteur du mal. Insectes et cigares furent bientôt recueillis, les insectes surtout si brillants au soleil. Survint en ce moment Jean le-
Borgne, le maître de la vigne.

JEAN. — Que fais-tu là, petit ?

JULES. — Je prends quelques-uns de ces insectes verts,
qui vous font du dégât.

JEAN. — Voyons voir tes bêtes ?

JULES. — Les voici.

JEAN. — Et tu dis quelles me gâtent la vigne ?

JULES. — Je le crois. Je viens d'en voir travailler à ces
espèces de cigares.

JEAN. — Ah bah ! nigaud, que veux-tu que des bêtes s'a-
musent à faire des cigares avec des feuilles ; elles ne
fument pas. C'est la lune qui a rôti mes pampres, c'est la
lune.

Et satisfait de son explication, Jean le Borgne tourna
les talons en sifflant un air. Il ne sifflait plus quand, trois
ans plus tard, il lui fallut arracher les ceps épuisés par
les rouleurs de cigares, mais il n'en démordait pas : la
lune avait fait le mal.

De retour du moulin, Jules prit Louis en passant pour

le faire profiter de ce que pourrait raconter l'oncle sur la capture de la journée.

PAUL. — L'insecte trouvé sur la vigne est bien un charançon. Vous vous rappelez tous qu'on donne ce nom aux divers coléoptères dont la tête se prolonge en une espèce de trompe. Celui-ci est appelé *rhynchite* par les savants, *urbec, becmare, lisette* par les viticulteurs. Il est d'un magnifique vert brillant en dessus avec l'éclat de l'or en dessous. On en trouve, plus rarement, qui sont d'un bleu foncé. Le mâle a de chaque côté du corselet une fine pointe dirigée en avant. La larve est un petit ver de couleur blanche, sans pattes, qui vit d'abord dans un rouleau façonné par la mère avec une feuille de vigne. Dans le mois de mai, l'insecte coupe d'abord aux trois-quarts la queue d'une feuille pour arrêter la sève; de la sorte, la feuille se fane et acquiert la souplesse voulue. Alors le charançon la roule sur elle-même et dépose dans ses replis trois ou quatre œufs. Quand le rouleau a pris en se desséchant la teinte tabac, on le prendrait pour un cigare appendu au pampre. Les petites larves abandonnent bientôt cette première retraite, se laissent tomber et s'enfouissent en terre, où elles achèvent de se développer. Le rhynchite compromet la vigueur de la vigne en détruisant ses feuilles; il faut donc recueillir en mai et en juin les rouleaux suspendus aux ceps et les brûler pour détruire l'insecte dans son berceau et prévenir les dévastations futures.

JULES. — Avec le charançon vert et luisant qui roule en cigares les feuilles de la vigne, j'ai trouvé un autre insecte que voici.

PAUL. — Ce n'est plus un charançon, vous le voyez à la forme de la tête non prolongée en bec. Les élytres sont d'un rouge châtain, tout le reste du corps est noir. On le nomme l'*eumolpe de la vigne,* ou vulgairement l'*écrivain* parce qu'il ronge la surface des feuilles et y trace de fines découpures ayant quelque ressemblance avec une écriture embrouillée. Il attaque

Fig. 37. — L'Eumolpe de la vigne.

de la même manière la queue des feuilles et des grappes, les jeunes pousses, les grains de raisin. Si les eumolpes sont abondants, toutes ces déchirures font dépérir les ceps, qui ne donnent que des fruits rares et de mauvaise qualité.

Les larves de l'écrivain vivent dans le sol. Pour les détruire, on retourne en hiver les terres infestées ; l'exposition aux intempéries les fait périr. Quant à l'insecte parfait, il faut des soins minutieux pour en débarrasser une vigne. Au moindre signe de danger, lorsqu'il est sur les feuilles occupé à tracer sa nuisible écriture, il rassemble les pattes sous le ventre et se laisse tomber sur le sol, avec lequel il se confond par sa couleur terne ; puis il ne bouge plus, il fait le mort.

ÉMILE. — Et il croit se retirer d'affaires en ne remuant pas ?

PAUL. — Sans doute, parce qu'on le prend pour un grain de terre, si par hasard on l'aperçoit.

ÉMILE. — Ne vaudrait-il pas mieux pour lui s'enfuir que de faire le mort ?

PAUL. — Il a le vol trop lourd et les pattes trop courtes. Tous les insectes qui ne peuvent rapidement s'envoler et qui sont dépourvus de moyens de défense, font comme l'écrivain au moment du danger : ils ne bougent plus. Le plus souvent ce moyen leur réussit parce que leur couleur, en général terne, les fait confondre avec le sol.

ÉMILE. — Ah! les rusés !

PAUL. — Eh bien, c'est la ruse de l'eumolpe que l'on doit mettre à profit pour donner la chasse à ce ravageur de la vigne. On étend au pied du cep une toile et l'on donne un coup sec à la souche. Les écrivains se laissent choir. Ils font les morts, mais on les voit sur la toile, et pas un n'échappe au triste sort qui l'attend.

XXX. — La classification.

PAUL. — Le rouleur de cigares de la vigne a des imitateurs. Loger ses œufs dans un étui de feuilles qui reste

exposé à la chaleur vivifiante du soleil, est un moyen
excellent d'activer l'éclosion. En outre, le rouleau de
feuilles fournit peut-être les premières bouchées aux jeunes
larves, qui, le moment propice venu, se laissent choir en
terre pour continuer leur croissance. Ce moyen est donc
mis à profit par d'autres charançons, qui présentent avec
celui de la vigne un air incontestable de parenté. La
similitude d'organisation entraîne la similitude des goûts.
L'un d'eux, le *rhynchite du peuplier*, roule les feuilles du
peuplier noir et les façonne en menus cigares. Il est plus
petit que le rhynchite de la vigne ; en dessus il est d'un
doré feu, en dessous d'un bleu luisant. Un autre, nommé
attelabe, d'un rouge carmin en dessus, d'un noir foncé en
dessous, roule les feuilles du chêne.

JULES. — Je ne vois pas en quoi consiste l'air de parenté
entre ces divers rouleurs de feuilles ; ils sont tous d'une
couleur différnte.

PAUL. — L'air de parenté se traduit par l'ensemble de la
forme, par les détails de structure et non par la couleur.
Ne dites-vous pas d'un homme, sans tenir compte de
l'habit : tiens, comme il ressemble à un tel ; ce doit être
son père, ou son oncle, ou son cousin. Pareillement les
savants, dont le coup d'œil est passé maître en ces choses,
classent les insectes d'après leur aspect, leur manière de
vivre. Ils nous disent que les rouleurs de feuilles,
rhynchites et attelabes, font partie d'un groupe de charançons auquel ils ont donné le nom d'*attelabiens*, en
souvenir du rouleur des feuilles du chêne.

JULES. — Ainsi, parmi les insectes, tous ceux qui ont
des élytres sont des coléoptères ; parmi les coléoptères,
ceux dont la tête se prolonge en une trompe sont des
charançons ; parmi les charançons, ceux qui roulent les
feuilles sont des *attelabiens* ; et parmi les attelabiens se
trouvent les rhynchites et les attelabes.

PAUL. — Je n'aurais pas mieux dit. Les insectes forment
dans l'ensemble des animaux ce qu'on appelle une *classe*.
Ils se subdivisent en *ordres*, dont l'un est celui des
coléoptères.

Louis. — Les papillons sont alors un autre ordre ?

Paul. — Ils forment un autre ordre, celui des lépidoptères. L'ordre à son tour se divise en *familles*. Les charançons constituent une famille parmi les coléoptères. Il y a pareillement la famille des carabes, dont je vous ai déjà parlé.

Émile. — Et le hanneton ?

Paul. — Le hanneton fait partie de la famille des *scarabées*. Cette famille comprend tous les coléoptères dont les antennes se terminent par des feuillets disposés à côté l'un de l'autre et pouvant se déployer à la façon d'un éventail.

Émile. — Alors cette sorte de hanneton d'un vert si luisant que je trouve le matin endormi sur les roses, appartient à la famille des scarabées ? Il a les antennes arrangées comme vous le dites.

Paul. — Ce magnifique insecte s'appelle *cétoine dorée*. Il appartient en effet à la même famille que le hanneton ordinaire.

Louis. — Le capricorne, ce gros insecte noir dont les antennes sont si longues ?

Paul. — Il fait partie de la famille des *cérambycidés*. Les savants emploient pour désigner le capricorne le nom de *cérambyx*, d'où vient le terme de cérambycidés. Les deux expressions capricorne et cérambyx s'équivalent à très-peu près ; elles signifient l'une et l'autre animal cornu. Les insectes de la famille du capricorne sont tous remarquables par la longueur de leurs antennes ; tous, à l'état de larves, vivent dans le bois, qu'ils percent d'une foule de trous.

Continuons. La famille se partage en *tribus*. Les attelabiens forment une tribu dans la famille des charançons ; de même les petits carabes qui tirent du pistolet de la façon que vous savez, les *brachines* et quelques autres, forment, dans la famille des carabes, la tribu des *brachiniens*.

La tribu se divise en *genres*. C'est ainsi que la tribu des attelabiens comprend divers genres : le genre rhynchite et le genre attelabe, par exemple.

Enfin le genre se subdivise en espèces. Au genre rhynchyte appartiennent le rhynchite de la vigne, le rhynchite du peuplier et d'autres.

Résumons tout cela par écrit ; c'est un peu difficile pour vous.

L'oncle prit une plume et traça sur le papier le tableau suivant :

CLASSE . . .	Insectes.
ORDRE	Coléoptères, Lépidoptères, etc.
FAMILLE	Charançons, Carabes, Scarabées, Cérambycidés, etc.
TRIBU.	Attelabiens, Brachiniens, etc.
GENRE.	Attelabe, Rhynchite, etc.
ESPÈCE.	Rhynchite de la vigne, etc.

ÉMILE. — C'est bien difficile ; jamais je ne retiendrai cela.

PAUL. — Il n'est pas indispensable que vous le reteniez. Mon but est simplement de vous faire entrevoir de quelle façon les savants parviennent à se retrouver au milieu de ces noms d'insectes, dont le nombre accablerait la mémoire la plus heureuse.

ÉMILE. — Il y en a donc bien ?

PAUL. — J'ai eu la curiosité de dénombrer les insectes qui se montrent, un jour l'un un jour l'autre, dans le jardin seulement. J'en suis à trois mille déjà, et probablement je n'en verrai jamais la fin.

ÉMILE. — Ma pauvre tête s'y perd. Comment faites-vous pour retenir leurs noms ? Rien que pour apprendre la fable de la cigale et la fourmi, je me mets tout en nage.

PAUL. — Je ne fais rien ; cela se grave tout seul dans l'esprit. Pour arriver à cette facilité de retenir les choses, il faut, quand on a votre âge, s'exercer la mémoire, ce grand magasin aux idées ; et voilà pourquoi vous apprenez des leçons par cœur. Peu m'importe que vous sachiez un jour les noms de quelques douzaines d'insectes, plus ou moins nuisibles, plus ou moins utiles ; ce que je souhaite pour vous, quand je recommande les exercices de mémoire, c'est que vous possédiez, devenus hommes, la haute lucidité du bon sens, résumé de tous les souvenirs dontl'esprit s'est enrichi.

Je vous parlais de trois mille espèces, rien que pour notre modeste jardin. Que sera-ce pour l'étendue de la terre entière ! Forêts, prairies, champs cultivés, terres arides, fossés, eaux tranquilles, marécages, tout est peuplé par l'insecte. Il bourdonne sur les fleurs, il rampe sur la terre, il nage dans les mares, il vole dans les airs, il court sur les sables, il se cache sous les pierres, il s'enfonce dans la vase, il gratte sous les écorces, il taraude le vieux bois, partout il fourmille, partout il répand l'animation, l'activité, la vie. Pour lui, le monde est presque trop étroit. On évalue à 400,000 le nombre des espèces répandues sur le Globe, et Dieu seul sait par combien de millions et de millions chaque espèce est représentée. Rappelez-vous le hanneton.

JULES. — Je comprends de mieux en mieux la valeur de votre expression : *les grands mangeurs.* Par leur nombre et leur appétit, les insectes seraient de force à dévorer le monde si rien ne faisait obstacle à leur effrayante multiplication.

ÉMILE. — Les savants doivent avoir un fameux travail pour se retrouver au milieu de toutes ces espèces.

PAUL. — Voilà pourquoi ils ont imaginé, tant pour les insectes que pour les autres animaux et les plantes aussi, ce qu'on appelle une *classification,* c'est-à-dire un arrangement par groupes de plus en plus petits, comme je viens de vous en donner une bien faible idée.

ÉMILE. — Chaque espèce a son nom, n'est-ce pas ?

PAUL. — Oui, mon ami : chaque espèce a son nom, parfois joli, trop souvent assez bizarre et emprunté soit au grec soit au latin, deux magnifiques langues dans le temps, mais qui ne se parlent plus aujourd'hui. Ainsi le hanneton s'appelle *melolontha.*

ÉMILE. — Oh ! quel drôle de nom ! pourquoi ne pas dire hanneton ?

PAUL. — Hanneton et un mot français, compris seule-

ment en France, et de ceux qui savent notre langue. Un
Russe, un Suédois, un Anglais, peuvent en ignorer la
signification. Pour se comprendre entre eux, malgré la
différence de langage d'une nation à l'autre, les savants
ont adopté des termes d'un usage universel dans la science.
Dites *melolontha* à un savant de n'importe quel pays, il
saura de quoi il s'agit ; dites-lui hanneton, il vous regar-
dera sans comprendre.

ÉMILE. — Ce n'est pas mal imaginé. Mais dites-moi: nous
autres dirons-nous *melolontha* ?

PAUL. — Nous dirons hanneton, mon petit ami ; hanneton, s'il vous plaît ; hanneton toujours.

XXXI. — Le coupe-bourgeons.

PAUL. — Les attelabiens, vous disais-je, forment une
petite tribu dans la nombreuse famille des coléoptères à
bec ou charançons. Ils sont tous remarquables par la
richesse de leur coloration. Vous connaissez déjà la rhynchite de la vigne et celui du peuplier, qui rivalisent d'éclat
avec l'or ; je vous ai parlé de l'attelabe, coloré d'un vif
carmin. Maintenant que dites-vous de celui-ci ? Il est
d'un violet brillant, avec des reflets bleus que fait ressor-
tir le délicat duvet dont tout le corps est couvert. La
pourpre de nos plus riches tissus de soie n'a pas cette ma-
gnificence.

ÉMILE. — Oh! la jolie petite bête ! Que sait-
elle faire avec son bel habit ?

PAUL. — Rien de bon pour nous, mon enfant. Le signe d'un métier utile n'est pas dans
l'éclat du costume, pas plus chez les insectes
que chez l'homme. Le costume de l'abeille est
d'un brun modeste, et l'abeille travaille à
composer le miel; celui du charançon que je

Fig. 38. — Le
Rhynchite
Bacchus.

vous montre est d'une rare somptuosité, et l'élégant porte-
bec vit à nos dépens. Si vous avez dans le jardin de belles
prunes, ou des poires, ou des pommes, il fait la récolte
avant vous; il n'attend même pas que les fruits soit mûrs,

tant il craint d'arriver trop tard. En juin, il les perce avec sa trompe et dépose un œuf dans la chair. Les fruits piqués nourrissent quelque temps la larve, puis se dessèchent et tombent. Le ver alors émigre, il quitte la prune qui l'a nourri et s'enfonce dans la terre, pour reparaître au printemps suivant à l'état d'insecte parfait.

ÉMILE. — Je veux savoir le nom de ce croque-prunes pour lui faire l'accueil qu'il mérite.

PAUL. — Fort mal à propros, on l'appelle *rhynchite bacchus*.

JULES. — Bacchus, s'il m'en souvient, est le dieu de la vigne.

PAUL. — Précisément, et c'est en cela que consiste le côté défectueux du mot. Les premiers observateurs ont confondu, sans doute, le charançon des prunes et des poires avec celui de la vigne, et ont donné au premier le nom qui convient au rouleur de cigares. Le mal est fait, nous n'y pouvons rien ; gardons les noms tels qu'ils sont, mais ne prenons pas l'un pour l'autre deux charançons très-différents de noms et d'aspect. Le rhynchite qui roule les feuilles de la vigne est sans poils et d'un vert doré ; le rhynchite bacchus est tout velu et d'un violet brillant. Pour éviter toute confusion, entre nous pourquoi ne l'appellerions-nous pas le rhynchite des prunes ou des poires ?

LOUIS. — Je préfère ce nom.

ÉMILE. — Moi, je l'appellerai tout court le pique-prunes.

PAUL. — Il n'y a pas d'inconvénient. Passons à un autre attelabien. Voyez un peu comme les goûts changent dans un groupe d'insectes en qui l'œil exercé reconnaît cependant d'intimes ressemblances, je dirais presque une étroite parenté. Les uns façonnent en rouleaux les feuilles de la vigne, du chêne, du peuplier ; les autres percent les fruits avec leur bec ; celui dont je vais vous parler coupe à demi les sommités des pousses jeunes et tendres de divers arbres fruitiers. Aussi l'appelle-t-on vulgairement *coupe-bourgeons*. C'est encore un rhynchite, mais beaucoup plus petit que celui de là vigne et des pruniers. On les nomme *rhynchite conique* à cause de la forme de son corselet qui s'amincit un peu en avant à la manière d'un tronçon de pain de sucre. Il est assez brillant, et d'un bleu virant au vert.

Son industrie est fort curieuse. Au printemps, il s'établit sur le poirier, le cerisier, l'abricotier, le prunier, l'aubépine, indifféremment. Il choisit une à une les pousses à sa convenance ; puis dans la sommité encore en herbe, il perce avec le bec un petit trou au fond duquel il dépose un œuf. Or il faut à la jeune larve, paraît-il, une nourriture un peu faite, mortifiée, et non les sucs âpres de la pousse fraîche et vigoureuse. Nous-mêmes, n'avons-nous pas des goûts de ce genre ? Mangerions-nous les nêfles et les sorbes telles qu'on les recueille sur l'arbre ? Non, il faut d'abord les laisser se mortifier sur la paille, tourner à moitié au pourri.

ÉMILE. — Elles sont bien bonnes alors, mais avant elles sont détestables.

PAUL. — C'est ce que dit aussi la larve du charançon au sujet de la pousse où elle vient d'éclore. Avant c'est âpre, cela râpe le gosier et agace les mandibules ; après c'est délicieux.

ÉMILE. — Cependant elle ne fait pas mortifier le rameau sur la paille, comme nous les nêfles ?

PAUL. — Non. Dans la grande majorité des cas, les larves sont fort peu industrieuses ; elles mangent en goulues sans songer à rien. Vous comprenez bien que s'adonner à la bombance n'est guère le moyen de se former l'esprit. Il faut donc qu'elles trouvent la pâtée préparée à point, sinon, ne sachant pas la préparer elles-mêmes, elles périraient stupidement de faim. Et qui la prépare, cette pâtée, qui la dispose à point ? C'est la mère, s'il vous plaît, la mère, dont c'est la grande, l'unique préoccupation. Elle se met en recherche de vivres qui ne sont pas sa nourriture, qui même lui répugneraient ; elle abandonne sa part des joies sur les fleurs et au soleil pour se livrer opiniâtrément à des travaux pénibles, sans utilité aucune dans son propre intérêt ; et quand elle a usé ses quelques jours à cette rude besogne, elle s'accroupit dans un coin et meurt contente : la table est mise, les petites larves auront de quoi manger.

Quand, sur une feuille de vigne, le charançon reluit ainsi qu'une pierre précieuse, gardez-vous de croire qu'il soit là pour faire le beau. Il s'exténue, travail énorme ! à scier à demi la feuille par la queue, puis à la rouler en un étui qui doit servir de logement et de première nourriture aux larves. Sa vie entière, sa grande vie de deux à trois semaines se consume dans ces occupations. En quoi peut être utile à l'insecte lui-même de scier des feuilles, de les faire faner au soleil, de les façonner en rouleaux ? Mais en rien, absolument en rien : le charançon ne mange pas ces feuilles, il ne se loge pas dans leur étui. Il use sa vie à ce travail uniquement en vue des larves, qui doivent éclore après sa mort. Avez-vous réfléchi, mes enfants, à ce perpétuel miracle, le miracle d'une mère qui ne vit que pour ses fils, des fils qu'elle ne doit jamais voir ? Je ne vous le cacherai pas : je me sens remué chaque fois que je songe à ces prévisions maternelles, à ces minutieux préparatifs pour l'inconnu de l'avenir. L'Œil qui voit tout est là.

A sa manière, le rhynchite conique prépare la pâtée de sa famille. Il faut à la larve, vous disais-je, les sucs moins âpres d'une pousse mortifiée. Que fait la mère pour mettre à point le jeune rameau ? Au-dessous de l'endroit où l'œuf est pondu, elle entaille circulairement l'écorce et le bois avec ses fines mandibules, de sorte que la pousse ne tient plus que par un filet central. La sève ne circulant plus, les feuilles se fanent, la sommité du rameau noircit et tourne à l'état de mortification aimé de la larve.

ÉMILE. — Je savais faire mûrir les nèfles sur la paille, mais j'aurais été bien embarrassé pour faire mûrir le rameau. Sont-elles curieuses, ces bêtes, avec leurs industries ! L'une fait ceci, l'autre fait cela ; c'est toujours ingénieux et ce n'est jamais la même chose.

PAUL. — Il est fâcheux que, trop souvent, l'industrie des insectes s'exerce à nos dépens. Quand un arbre fruitier a été travaillé par le rhynchite conique, on voit, au mois de mai, les sommités des pousses pendre flétries, noircies ; puis se dessécher et tomber.

Jules. — Les larves restent dans les bouts de rameaux tombés ?

Paul. — Qu'y feraient-elles ? Il n'y a plus rien de bon à manger. Elles s'enfoncent dans la terre pour achever de grossir, passer l'hiver en sûreté et se métamorphoser le printemps d'après.

Louis. — Alors, pour prévenir les dégâts de l'année suivante, il faudrait recueillir les pousses qui pendent fanées sur les arbres et les brûler quand les larves s'y trouvent encore !

Paul. — C'est ce qu'il y a de mieux à faire.

XXXII. — Balanins et Anthonomes.

Ah ! je t'y prends, coquin, à manger mes noisettes, disait un jour Louis en apercevant un charançon qui, de son long bec, perçait le fruit encore tendre ; je t'y prends ! Je saurai ton histoire d'abord, nous compterons après. — Le charançon fut mis dans un cornet de papier avec quelques noisettes piquées, et, au premier moment de liberté, Louis accourut chez l'oncle Paul, la joue rouge d'émotion. C'est qu'il aime les noisettes, le petit Louis, et mettre la main sur l'insecte qui les gâte, était pour lui très-sérieuse affaire. Le soir, à la veillée, Paul avait autour de lui son auditoire ordinaire, pour écouter l'histoire du charançon des noisettes.

Paul. — Voici la capture de Louis. Regardez un peu ce bec.

Émile. — Quel nez ! Oh ! quel nez ! C'est menu comme un cheveu, et puis long, long et recourbé.

Louis. — Ne semble-t-il pas fumer dans une longue pipe, comme je le disais un jour ?

Émile. — Voyez donc, mon oncle, comme

Fig. 39. — Balanin des noisettes.

les yeux sont rapprochés l'un de l'autre. Ils se touchent presque et l'insecte a l'air de loucher. Est-il curieux avec son nez en tuyau de pipe et ses yeux louches!

JULES. — La bouche, où est-elle?

PAUL. — Tout à l'extrémité de ce qu'Émile appelle un long nez.

JULES. — Comment fait-il pour manger? La nourriture doit avoir de la peine à passer dans ce tuyau plus délié qu'un fil.

ÉMILE. — Oui, comment fait-il pour manger? Je serais fort embarrassé s'il me fallait prendre la nourriture par le canal d'une paille de ma longueur.

PAUL. — Forcément, le charançon est sobre; tout au plus boit-il avec son bec quelques gouttes du suc des noisetiers qu'il habite. Mais s'il est sobre lui-même, sa larve a bon appétit : il lui faut l'amande d'une noisette, toute l'amande. C'est précisément pour la lui donner que le charançon est pourvu du long bec qui vous étonne. L'insecte parfait, je vous le dis encore, vit pour sa future famille bien plus que pour lui-même, il est principalement outillé en vue de l'avenir des larves. Si le charançon n'avait à songer qu'à sa propre nourriture, sa trompe serait on ne peut plus incommode; mais il doit, avant tout, s'occuper du bien-être des larves, et alors le bec long et menu est un merveilleux outil, une fine vrille destinée à forer la coque de la noisette pour que l'œuf soit déposé sur l'amande et que la larve naisse au sein des provisions.

JULES. — Ce doit être un long travail pour une vrille aussi menue?

PAUL. — Nullement. Les petites mandibules placées au bout de la trompe mordent sur la coque presque comme le ferait le tranchant de l'acier; et puis le charançon choisit son temps. C'est en mai, alors que les noisettes commencent à grossir et ont l'enveloppe tendre, que le forage est entrepris. L'insecte attaque la noisette par la base, à travers l'enveloppe verte qu'on appelle cupule. Le trou fait, il introduit un œuf dans l'intérieur du fruit. En huit jours, la larve est éclose. C'est un ver sans pattes, blanc, à tête rousse. Comme le vermisseau mange d'abord très-peu, la noisette continue à se développer et à mûrir son amande, rongée petit à petit. Au mois d'août, les provisions sont achevées et la noisette véreuse gît à terre. Le ver, dont les mandibules sont alors robustes, perce un trou rond dans la coque vide et quitte la noisette pour s'enfouir dans le sol, où il se métamorphose au retour de la belle saison.

Fig. 40. — Fruits du noisetier : *f*, la noisette; *c*, *c*, *c*, la cupule.

ÉMILE. — En cassant des noisettes avec les dents, il m'est arrivé de mordre sur quelque chose d'amer et de mou.

PAUL. — C'était le ver du charançon que vous veniez d'écraser.

ÉMILE. — Pouah! la sâle bête!

LOUIS. — Mes noisetiers, comment les défendre?

PAUL. — C'est tout simple. On recueille les noisettes véreuses, qui plus tôt ou plus tard, tombent à terre comme le font les fruits attaqués par les insectes. Tant qu'elles ne sont pas percées d'un gros trou, le ver s'y trouve encore. En les brûlant, on détruit les charançons de l'année suivante.

LOUIS. — Mais il reste les charançons de l'année actuelle.

PAUL. — Non, car il est de règle que les insectes meurent après la ponte.

JULES. — Vous avez oublié de nous dire le nom du mangeur des noisettes.

PAUL. — C'est juste. On l'appelle *balanin des noisettes*. Il est facile à reconnaître à son long bec très-menu et fortement recourbé, enfin au duvet gris jaunâtre qui recouvre l'insecte en entier. — Un autre balanin, plus petit, mais de même forme et de même coloration que le précédent, vit, à l'état de larve dans l'intérieur des glands du chêne. On le nomme *balanin des glands*. Un troisième, peu répandu dans nos pays, vit dans l'intérieur des noyaux de cerises. C'est le *balanin des cerisiers*.

JULES. — Comme les charançons diffèrent de manière de vivre! La calandre ronge les grains de blé; les rhynchites roulent des feuilles, piquent les poires et les prunes ou coupent les bourgeons; maintenant voici les balanins qui s'attaquent à l'amande de la noisette, de la cerise, du gland. Y en a-t-il qui mangent les fleurs?

PAUL. — Et sans doute. Aucune partie de la plante n'est épargnée par les insectes. Le pommier, le poirier, le cerisier, ont chacun leur charançon qui vit, à l'état de larve, aux dépens de leurs boutons. Ces destructeurs de fleurs se nomment *anthonomes*. Vous voyez ici celui du pommier,

 le plus répandu de tous. — Il est brun, avec une petite bande blanche bordée de noir et placée obliquement au bout de chaque élytre. Dès le mois d'avril, il se répand sur les pommiers et perce de son bec menu les fleurs encore en boutons. Dans chacune, il dépose un œuf. Une semaine après, la larve est éclose.

Fig. 42. — Anthonome du pommier.

Le petit ver se met à ronger tout aussitôt la fleur, ne respectant que l'enveloppe extérieure. Il va de soi que le bouton dont le cœur est mangé ne peut s'épanouir et que la fleur est perdue ainsi que le fruit en germe. Les boutons, rongés au dedans seulement, conservent leur forme et prennent en se desséchant l'aspect de clous de girofle.

ÉMILE. — De ces clous de girofle que mère Ambroisine met dans les ragoûts?

PAUL. — Justement.

ÉMILE. — Ces clous de girofle, que sont-ils?

PAUL. — Ce sont les boutons ou fleurs non épanouies du giroflier, arbuste aromatique des pays chauds. On les recueille avant leur épanouissement, puis, on les fait sécher au soleil.

ÉMILE. — Je vois pourquoi les boutons piqués par l'anthonome prennent l'apparence de clous de girofle. Dans les deux cas, ce sont des fleurs desséchées avant d'être épanouies.

PAUL. — La larve de l'anthonome est, comme pour les charançons en général, un petit ver sans pattes, de couleur blanche Elle n'abandonne pas le bouton rongé, quand celui-ci se détache de l'arbre. La larve du balanin quitte la noisette en perçant la coque d'un trou, celle du rhynchite conique abandonne la pousse tombée, celle du rhynchite de la vigne se laisse choir de son rouleau de feuilles ; toutes les trois s'enfoncent dans la terre pour y passer l'hiver en sûreté et s'y métamorphoser au printemps suivant. La larve de l'anthonome est plus expéditive : elle se métamorphose dès qu'elle a mangé sa fleur. Il lui est donc inutile de déménager. Comme les bêtes ne font rien d'inutile, le ver reste enfermé dans le bouton sec. Six semaines après la ponte, il en sort transformé en insecte et prend ses ébats d'un pommier à l'autre pendant toute la belle saison. Puis vient l'hiver.

JULES. — Ce doit être le moment difficile.

PAUL. — Il en périt beaucoup ; mais il en reste cachés sous les mousses, dans les rides des écorces, parmi les feuilles sèches ; il n'en reste que trop pour détruire au printemps les boutons des pommiers.

L'anthonome du poirier et celui du cerisier ressemblent à celui que je viens de vous montrer. Ils ont des mœurs exactement pareilles.

Se débarrasser de ces destructeurs de fleurs n'est pas chose facile. Si l'on n'avait à soigner qu'un petit nombre d'arbres faciles à visiter, on pourrait, à la rigueur, récolter et brûler les boutons secs habités par les larves. Par ce travail fastidieux, on sauverait quelques fruits de l'année suivante, sans jamais parvenir cependant à se délivrer des anthonomes, car ces insectes volent très-bien et loin, et il en viendrait du voisinage quand il n'y en aurait plus chez vous. D'ailleurs la récolte des boutons piqués est impraticable en grand.

JULES. — Ces petits mangeurs de fleurs seront donc les maîtres dans nos vergers : ils nous détruiront en leur

germe pommes et poires sans que nous puissions les défendre ?

PAUL. — Ils seraient les maîtres, en effet, si nous n'avions
de vigilants auxiliaires, des aides à l'œil perçant qui, de
la pointe du jour au coucher du soleil, guettent les insectes et leur font la chasse avec une patience, une adresse,
une assiduité dont aucun de nous ne serait capable.

ÉMILE. — Ces aides, je ne les ai jamais vus.

PAUL. — Vous les voyez à chaque instant, car ce sont
les oiseaux. Sur un pommier fleuri, quand d'une branche
à l'autre, un oisillon sautille, gazouillant et becquetant,
remerciez Dieu, mes enfants, de nous avoir donné la
charmante créature dont chaque coup de bec nous délivre
d'un ennemi. Je ne vous en dirai pas davantage sur cet
admirable sujet ; je me propose d'y revenir un jour.

XXXIII. — Les ennemis du trèfle.

PAUL. — Voulez-vous en voir un autre qui, par sa petite
taille et ses innombrables légions, brave nos colères et
commet des ravages que peuvent seuls amoindrir nos auxiliaires agricoles, les ennemis de nos ennemis? Le voici.

JULES. — Je le vois à son long bec :
c'est encore un charançon.

ÉMILE. — Oh! comme il est petit,
il ne doit pas lui en falloir beaucoup.

PAUL. — Il est petit mais si nombreux, que pour nourrir ses vers, il
faut des champs de trèfle, non la
plante entière, mais la fleur seulement, comme aux larves des anthonomes.

ÉMILE. — Voyez-vous ça, les gour-
mands ! il leur faut des fleurs, des
fleurs tendres et parfumées !

PAUL. — On le nomme l'*apion du
trèfle*. Il atteint à peine trois millimètres de longueur. Le corps est un

Fig. 42. — Apion du trèfle.
a, insecte parfait grandeur naturelle; *b*, le
même grossi; *c*, la larve
grandeur naturelle; *d*, la
même grossie; *e*, calice
d'une fleur de trèfle attaqué par la larve.

peu globuleux en arrière et entièrement noir. Vous connaissez le trèfle, vous savez que ses fleurs sont rassemblées
en une tête ronde. On donne le nom de *capitule*, c'est-à-
dire petite tête, à cet ensemble de fleurs. Eh bien! l'apion
pond ces œufs sur les capitules avant l'épanouissement
des fleurs qui les composent.

JULES. — Sans percer une à une les fleurs avec le bec
pour y loger les œufs ?

PAUL. — L'apion ne prend pas ce soin. Les larves doivent se tirer d'affaires elles-mêmes. Aussitôt éclose, chacune perce à la base la fleur à sa convenance et pénètre
dans l'intérieur. Une fois logée, elle mange le cœur du
bouton, notamment ce qui serait devenu le fruit, la petite gousse avec sa graine. Cela fait, elle se métamorphose.

Un autre apion, tout aussi petit et tout aussi nombreux,
prête main forte au premier pour détruire les fleurs du
trèfle. Il est tout noir avec les pattes jaunes. Les deux
pullulent dans les prairies artificielles. On les trouve ras-
semblés l'hiver au pied des arbres, ils attendent que les
trèfles fleurissent pour se mettre au travail.

Il semble que ces deux ravageurs suffiraient pour
éprouver rudement la plante fourragère. Eh bien ! non :
il y en a d'autres, de plus grands, de plus petits, tous
acharnés sur le pauvre trèfle. On dirait que les insectes
se sont donné le mot pour attaquer de préférence les
plantes utiles à l'homme. Ils se mettent trois, quatre, dix,
plusieurs centaines au besoin pour ravager qui la fleur,
qui les racines, qui les feuilles, qui la tige de nos végétaux les plus précieux. La vigne a ses chenilles, ses coléoptères, ses pucerons; le froment nourrit des destructeurs,
encore plus variés, calandres, teignes, zabres, vers-blancs,
alucites, moucherons, taupins et tant d'autres ; rien que
pour le poirier, on compte cinq cents ravageurs et plus !

JULES. — Ils veulent donc nous affamer ?

PAUL. — Que vous dirais-je ? Ils y travaillent d'une
effrayante manière. Pour quels motifs ? J'essaierai tantôt
de vous le faire entrevoir, mais avant, terminons l'histoire
des ennemis du trèfle.

Celui-ci se nomme l'*hylaste du trèfle*. C'est un tout petit coléoptère brun, à élytres tronquées postérieurement comme chez les scolytes, avec lesquels il a une ressemblance prononcée. Il appartient, en effet, à la même famille. Pendant que les apions détruisent les fleurs, lui séjourne en terre et ronge les racines du trèfle.

Fig. 43. — Hylaste du trèfle : *a*, l'insecte, grandeur naturelle; *b*, le même grossi.

Voilà les racines, les fleurs et leurs jeunes semences dévorées. Qui se chargera des feuilles? — Moi, répond un petit coléoptère tout rond en dessus, plat en dessous, et qu'on nomme *lasie globuleuse*; moi, il faut que l'homme ne trouve rien à faucher après nous.

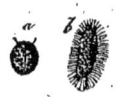

Fig. 44. — Lasie globuleuse : *a*, insecte parfait; *b*, sa larve.

Vous connaissez bien la coccinelle, la petite bête rouge avec sept points noirs, enfin la *bête à bon Dieu*. Respectez-la tous quand vous la trouvez dans le jardin. Elle travaille pour nous; elle va d'une plante à l'autre, croquant les pucerons, ces poux ventrus qui se parquent en troupeaux innombrables sur les pousses tendres pour en sucer la sève. Elle mange nos ennemis les poux des plantes, elle en raffole; laissez-la faire.

L'insecte nommé *lasie globuleuse* est de la même famille que la coccinelle; il est rond comme elle, et comme elle rouge avec des points noirs mais disposés autrement et en général au nombre de douze sur chaque élytre. La larve est jaunâtre, toute hérissée de poils ramifiés ressemblant à de petites branches d'épine. Ils vivent l'un et l'autre, non de pucerons, mais de feuilles, soit de trèfle, soit de vesce, soit de luzerne et de quelques autres plantes. Les mandibules des larves sont dentelées. Les traces qu'elles laissent sur les feuilles rongées, ressemblent aux sillons que ferait un peigne à quatre dents.

Enfin qui se chargera des tiges? — Ce seront diverses chenilles à solides mâchoires; par exemple la chenille de la *noctuelle glyphique*, assez joli papillon dont les ailes supérieures ont des taches irrégulières entourées d'un cordon gris clair sur un fond brun, et dont les ailes inférieures ont des taches rayonnantes d'un jaune pâle.

Sur toutes les parties du trèfle, tiges et fleurs, feuilles et racines, des affamés sont maintenant attablés. En ai-je terminé l'énumération ? Oh! mon Dieu non : il y en a d'autres, ne serait-ce que pour utiliser les débris dédaignés par les premiers.

Fig. 45. — Noctuelle glyphique.

XXXIV. — La culture.

Jules. — Vous avez promis de nous dire pour quels motifs les insectes nuisibles aux cultures sont si nombreux.

Paul. — Je tiens parole; écoutez. — Avec la naïveté de votre âge, vous vous figurez que de tout temps les choses ont été ce qu'elles sont aujourd'hui; vous croyez, en particulier, qu'en vue de votre alimentation, le poirier s'est toujours empressé de produire de gros fruits à chair fondante; que le navet, pour nous faire plaisir, a gonflé sa racine de pulpe savoureuse; que le chou-cabus, dans le but de nous être agréable, s'est avisé lui-même d'empiler en tête compacte de belles feuilles blanches. Vous vous figurez que le froment, le potiron, la carotte, la vigne, la pomme de terre et tant d'autres encore ont, de leur propre gré, toujours travaillé pour l'homme. Il vous semble que la grappe de la vigne est pareille maintenant à celle d'où fut exprimée la première tasse de vin; que le froment, depuis qu'il est sur la terre, n'a pas manqué, tous les ans, de produire une récolte de grain; que la betterave, le potiron avaient aux premiers jours du monde, la corpulence qui nous les rend précieux. Vous croyez, enfin, que les plantes alimentaires nous sont venues dans le principe telles que nous les possédons aujourd'hui.

Jules. — Comment! Le chou-pommé n'a pas toujours

été le chou-pommé ; le poirier n'a pas toujours produit des poires beurrées ?

PAUL. — Non, mon enfant. La plante, telle qu'elle vient naturellement, est pour nous une triste ressource alimentaire ; elle n'acquiert de la valeur qu'en passant par les mains de la puissante fée qui a nom *industrie humaine* ; sous la baguette de la sublime magicienne, c'est-à-dire par nos soins, les espèces se modifient jusqu'à devenir méconnaissables.

Dans son pays natal, sur les montagnes du Chili, la pomme de terre est un tubercule vénéneux de la grosseur d'une noisette. L'homme donne accueil dans son jardin au misérable tubercule ; il le plante dans une terre substantielle, il le soigne, il l'arrose, il le féconde de ses sueurs. Et voilà que, d'année en année, la pomme de terre prospère ; elle gagne en volume, en propriétés nutritives, et devient enfin un tubercule farineux de la grosseur des deux poings.

Sur les falaises océaniques exposées à tous les vents, croît naturellement un chou, haut de tige, à feuilles rares, échevelées, d'un vert cru, de saveur âcre, d'odeur forte. Qu'attendre de ce sauvageon ? Il n'a certes pas bonne mine. Qui sait ? sous ses agrestes apparences, il recèle peut-être de précieuses aptitudes. Pareil soupçon vint apparemment à l'esprit de celui qui le premier, à une époque dont le souvenir s'est perdu, admit le chou des falaises dans ses cultures. Le soupçon était fondé. Le chou sauvage s'est amélioré par les soins incessants de l'homme ; sa tige s'est affermie ; ses feuilles, devenues plus nombreuses, se sont emboîtées, blanches et tendres, en tête serrée ; et le chou-pommé a été le résultat final de cette magnifique métamorphose. Voilà bien, sur le roc de la falaise, le point de départ de la précieuse plante ; voici, dans nos jardins potagers, son point d'arrivée. Mais où sont les formes intermédiaires qui, à travers les siècles, ont graduellement amené l'espèce aux caractères actuels ? Ces formes étaient des pas en avant. Il fallait les conserver, les empêcher de rétrograder, les multiplier et tenter sur elles de nouvelles améliorations. Tout compte fait, la conquête du chou-pommé a certainement dépensé plus d'activité que la conquête d'un empire.

Quel est cet autre, au bord d'une mare, en compagnie des grenouilles? — C'est le céleri sauvage. Il est tout vert, dur et d'une saveur repoussante. L'imprudent qui en mangerait en salade périrait empoisonné. Quel est donc l'audacieux qui s'avisa d'introduire cette plante vénéneuse dans son jardin, dans l'espoir de la civiliser et d'en tirer parti? — Encore un bienfaiteur dont le souvenir s'est perdu dans les nuées du temps. Toujours est-il que, sous l'influence d'une éducation bien entendue, le céleri a renoncé au poison pour prendre des côtes blanches, tendres, pleines d'un liquide sucré. Je vous laisse à penser tout ce qu'il a fallu de soins et de peine pour obtenir un pareil changement. Dissuader une plante de distiller du poison et lui faire produire du sucre à la place, c'est un chef-d'œuvre d'adresse de la part de l'homme.

Et le poirier sauvage, le connaissez-vous? C'est un affreux buisson, armé de féroces épines. Les poires, toutes petites, âpres, dures, semblent pétries de grains de gravier. O le détestable fruit, qui vous serre la gorge et vous agace les dents. Certes celui-là eût besoin d'une rare inspiration qui le premier eut foi dans l'arbuste revêche et entrevit, dans un avenir éloigné, la poire beurrée que nous mangeons aujourd'hui. Avec le temps et des soins, la miraculeuse modification s'est faite. Le sauvageon s'est civilisé, il a perdu ses épines et remplacé ses mauvais petits fruits par des poires à chaire fondante et parfumée.

La betterave primitive végète dans les sables au bord de la mer, et la carotte sauvage est fréquente dans tous les champs abandonnés. Ni l'une ni l'autre ne possèdent à l'état de nature la puissante racine charnue que vous savez. Leur racine est un maigre pivot de la grosseur d'une plume, assez long, il est vrai, mais dépourvu de chair et de matière sucrée. Rien, absolument rien ne peut faire soupçonner, à des yeux non exercés, la parenté qu'il y a entre ces misérables queues de rat et les racines dodues de la carotte et la betterave cultivées. Par son travail, l'homme a transformé, dans la betterave sauvage, un cordon de filasse aride en une énorme racine juteuse toute confite de sucre ; il est parvenu à remplacer la maigre queue de rat de la carotte inculte par une superbe racine dorée de la grosseur du bras.

De même, avec la grappe de la vigne primitive, la *lambrusque*, dont les grains ne dépassent pas en volume les baies du sureau, l'homme, à la sueur du front, s'est acquis la grappe de la vigne actuelle ; avec quelque pauvre gramen aujourd'hui inconnu, il a obtenu le froment ; avec quelques misérables arbustes, quelques herbes d'aspect peu engageant, il a créé ses races potagères et ses arbres fruitiers. La terre, pour nous engager au travail, loi suprême de notre existence, est pour nous une rude marâtre. Aux petits des oiseaux, elle donne abondante pâture ; à nous, elle n'offre de son plein gré, que les mûres de la ronce et les prunelles du buisson. C'est à l'homme à se tirer d'affaire par le travail, les soins, la réflexion. Ne nous en plaignons pas, car cette rude lutte contre le besoin est précisément la cause de notre grandeur.

J'en ai assez dit. Par nos soins très-longtemps prolongés, les plantes, vous le voyez, acquièrent des propriétés qu'elles n'avaient pas à l'état naturel. Elles s'améliorent dans leurs fruits, leurs semences, les feuilles, leurs racines, et deviennent par excellence des matières nutritives. Si maintenant je vous demande pour quel motif les insectes attaquent de préférence les plantes cultivées, sans difficulté vous trouverez la réponse.

Émile. — Je m'en charge. Il les mangent de préférence parce qu'elles sont meilleures que les espèces sauvages d'où elles proviennent.

Paul. — Ce n'est pas plus malin. Ajoutons aussi qu'elles sont plus abondantes, car au lieu de venir à l'aventure, un pied par ci, un pied par là, elles couvrent des champs entiers, expressément préparés pour les recevoir. Cette abondance de vivres nécessairement favorise la prospérité des mangeurs, et les insectes pullulent en proportion de

la nourriture dont ils peuvent disposer. Ajoutons enfin
que le sol remué, amendé, assoupli par la culture est bien
plus favorable à la vie souterraine des larves que le sol
non travaillé, dur et compacte, où l'air ne pénètre pas.
Le terrible ver-blanc ou larve du hanneton, le sait très-
bien. Il s'établit dans les terres ameublies par notre travail; les galeries y sont faciles à creuser pour se rapprocher
de la surface à la portée des racines, ou pour s'enfoncer
profondément en prévision du froid ; l'air y pénètre largement comme le nécessitent les besoins de la respiration.
Mais il se garde bien d'habiter les terres compactes, landes,
guêrets, bruyères, que le soc de la charrue n'a jamais
fertilisées. Tout comme nous, il recherche le bien-être ;
il prospère s'il est dans l'abondance, il dépérit dans de
misérables conditions, de sorte que la race des hannetons
est sous la dépendance directe des progrès de l'agriculture. L'histoire nous dit qu'en des temps peu éloignés de
nous, la majeure partie du sol restait inculte. On ne parlait
pas alors des ravages des hannetons, on ne connaissait
pas ces nuées d'insectes qui dévastent une province en
quelques jours; mais aussi ne mangeait pas du pain qui
voulait, et de temps à autre, par insuffisance de récolte, la
famine décimait la population. Le cours des idées est
maintenant bien changé. Le noble travail de la terre, le
premier de tous, a pris dans l'estime générale le rang
qu'il mérite ; chacun comprend que le sol est la grande
fabrique d'où tout provient, qu'il doit rendre le plus possible et par tous les moyens possibles. Avec nos cultures
mieux entendues, qui ne dédaignent pas la plus maigre
lande, l'abondance est venue et avec elle une foule de convives, hannetons et dévorants de toutes sortes, car tout
travail en appelle un autre et l'homme ne peut acquérir
et conserver le bien-être que par une lutte incessante.

XXXV. — Le Ceutorhynque

Comme l'oncle finissait, Jacques vint du jardin avec une
racine de chou couverte de verrues de la forme et de la

grosseur d'un pois. Dans chaque verrue était logé un petit
ver.

Quelques choux dépérissent, fit le vieux jardinier, cependant il n'y a pas de chenilles sur les feuilles. Je me suis
imaginé que le mal vient des verrues dont la racine est
couverte.

Paul. — Vous avez rencontré juste, mon brave Jacques ;
laissez-moi cette racine et arrachez tous les choux qui
vous paraîtront infestés. Il est bien entendu que vous
jetterez au feu les racines malades. Vous arrêterez ainsi le
mal au début, car l'insecte qui en est cause n'est pas bien
répandu chez nous. L'essentiel est de ne pas le laisser
multiplier dans le jardin, devrait-on perdre une bonne
partie des choux.

Il fut fait comme l'avait dit Paul et jamais depuis on ne
revit des racines avec des verrues. Le lendemain, les ennemis du chou furent le sujet de la conversation.

Paul. — Les plantes cultivées, je vous le disais hier,
par cela même qu'elles sont plus
savoureuses, plus tendres, plus
abondantes, sont plus exposées
aux ravages des insectes que les
mêmes espèces à l'état sauvage.
Occupons-nous d'abord du chou,
puisque Jacques nous en a fourni
l'occasion.

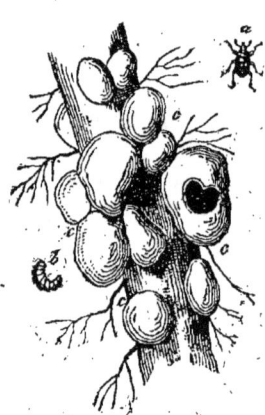

Donnez un coup d'œil à cette
racine, couverte de laides verrues
creuses. J'en ouvre une. Dans
l'intérieur, que trouvons-nous ? Un
petit ver, une larve qui serait devenue un charançon, dont le bec

Fig. 46. — Ceutorhynque sulcicolle : a, insecte parfait
grandeur naturelle ; b, sa
larve ; c, c, c, verrues habitées par la larve sur la racine
du chou.

s'applique contre la poitrine, entre
les jambes de devant, quand l'insecte se ramasse sur lui-même et
fait le mort. Ce charançon s'appelle
ceutorhynque sulcicolle. Il est noir, avec des poils grisâtres
en dessus et des écailles blanches en dessous. Son corselet

est creusé d'un sillon longitudinal profond, ce qui lui a valu la qualification de *sulcicolle*, c'est-à-dire corselet sillonné. Les élytres sont creusées de fines rainures parallèles.

Les œufs sont pondus vers le commencement de l'été. L'insecte descend à la naissance de la racine qu'il perce par ci par là avec son bec, et dans chaque piqûre dépose un œuf. En affluant autour du point blessé, la sève de la plante forme une excroissance ou verrue charnue, dans laquelle grandit la larve jusqu'à la fin d'octobre. Le ver quitte alors ce domicile pour s'enfoncer en terre à l'abri du froid et se métamorphose. La racine piquée s'épuise à pleurer de la sève pour former les excroissances habitées par les larves, et le chou dépérit rapidement; aussi le ceutorhynque est-t-il un ennemi redouté, surtout en Angleterre, où il est extrêmement commun. Il ne borne pas ces ravages aux choux; il attaque aussi les navets, les raves, le colza.

JULES. — Ce charançon varie bien sa nourriture. J'avais cru jusqu'ici que chaque espèce d'insecte se nourrissait toujours de la même plante.

PAUL. — Vous aviez, mon ami, parfaitement raison. Dans la plupart des cas, les insectes ont des goûts très-exclusifs; chacun ronge une espèce de plante et dédaigne les autres. Quelquefois cependant ils varient leur régime, et comme ce sont de fins connaisseurs, très-entendus sur les saveurs végétales, en changeant de nourriture, ils choisissent des plantes dont les qualités alimentaires, la sapidité, l'odeur, soient à très-peu près pareilles. Nous-mêmes, ne trouvons-nous pas dans la rave et le navet, quelque chose de l'odeur et de la saveur du chou?

LOUIS. — C'est vrai.

PAUL. — Nous trouvons des qualités semblables, tantôt plus tantôt moins prononcées, dans une foule d'autres plantes que les botanistes classent en un groupe nommé la famille des *crucifères*; le cresson, par exemple, le radis, le colza.

ÉMILE. — Botanistes, crucifères ? Je ne comprends pas bien.

PAUL. — Je crois même que vous ne comprenez pas du
tout, mon petit ami. On appelle botanistes les savants qui
s'occupent de l'étude des plantes, qui nous disent leurs
noms, leurs propriétés, leurs différences, leurs ressemblances, en quel temps elles fleurissent, en quels pays elles
viennent et autre chose de ce genre.

ÉMILE. — Et crucifères ?

PAUL. — Ce mot signifie porte-croix. On appelle crucifères l'ensemble des végétaux dont les fleurs ont quatre
pièces ou pétales disposées deux par deux en face l'une de
l'autre, de façon à figurer une sorte de croix. Telle est la
fleur du colza. Les plantes à fleurs en croix comprennent
le chou, la rave, le navet, le radis, la giroflée, le colza, le
cresson et tant d'autres.

ÉMILE. — Ce sont toutes des crucifères ?

PAUL. — Ce sont toutes des crucifères. Leur ressemblance ne se borne pas à la forme de la fleur ; leurs propriétés intimes, odeur, saveur et le reste sont les mêmes,
ou peu s'en faut. Aussi le charançon, qui sait ces choses
mieux que pas un, va sur le navet quand il n'a pas le
chou, sur le colza si le navet lui manque, ou sur d'autres
encore mais toujours de la famille des crucifères. Les autres
insectes en font autant : chacun a son groupe de plantes
et va d'une espèce à l'autre sans jamais se tromper de
famille.

JULES. — Ce sont donc des botanistes consommés ?

PAUL. — On le dirait presque ; du moins ils montrent
dans leur choix un discernement si judicieux, que bien
des fois les savants pourraient aller à leur école pour apprendre le degré de parenté des végétaux.

JULES. — Oncle Paul, vous voulez rire ?

PAUL. — Je veux rire ! Attendez. Vous connaissez la
capucine, la belle fleur orangée qui se termine inférieure-
ment par une espèce de corne ; vous connaissez le réséda,
la plante à odeur suave que mère Ambroisine cultive sur
sa fenêtre ?

JULES. — Je les connais.

PAUL. — Alors dites-moi si vous trouvez entre le réséda,

la capucine et le chou, quelque ressemblance, quelque trait de parenté végétale ?

JULES. — Ces trois plantes sont entièrement dissemblables ; la fleur n'a pas même forme, ni la feuille, ni le fruit.

PAUL. — Eh bien ! mon cher enfant qui vous piquez de vous entendre en fleurs, une misérable chenille verte, très-fréquente dans les jardins, en sait plus long que vous ; elle en remontrerait à pas mal de personnes dont certes vous ne possédez pas le savoir. Elle mange indifféremment diverses crucifères, choux, raves et navets, mais elle mange aussi la capucine et le réséda. Pourquoi ? Il faudrait le demander aux savants qui étudient les plantes à fond et veulent savoir sur leur compte le fin et le superfin. Ils vous diraient que par les détails de leur structure la plus intime, détails minutieux échappant à nos regards peu exercés, la capucine et le réséda se rapprochent beaucoup des crucifères sans en avoir l'aspect extérieur. C'est à rester confondu, mon pauvre Jules ! Une chenille de rien, depuis que le monde est monde, s'attable au réséda comme au navet, au chou comme à la capucine et connaît des parentés végétales soupçonnées par la science seulement de nos jours.

JULES. — Pourrais-je voir cette chenille, si versée dans la connaissance des plantes ?

PAUL. — Je vais vous satisfaire à l'instant.

XXXVI. — Les Piérides.

On sortit dans le jardin. L'oncle Paul chercha longtemps dans le carré de choux, enfin il trouva ce qu'il voulait.

PAUL. — Voici la chenille en question. Elle est d'un vert tendre avec trois lignes longitudinales jaunes. Il faudrait maintenant connaître le papillon. Jules, allez-moi chercher le filet.

L'oncle avait une grande poche en gaze dont l'ouverture était cousue sur un cercle de gros fil de fer, terminé par un manche qui se fixait au bout d'une longue canne. C'était le filet à papillons. A ses moments perdus, Paul s'en servait pour faire la chasse aux papillons et les détruire avant qu'ils eussent pondu leurs œufs sur les plantes du jardin. Autant de papillons détruits, autant de centaines de chenilles de moins. Jules revint avec le filet. La chasse n'amena pas le résultat désiré, mais un autre papillon fut pris, très-ressemblant à celui que l'on cherchait.

PAUL. — Contentons-nous de celui-ci; mes chasses précédentes ont, paraît-il, tout détruit, et nous attendrions vainement.

Le papillon que je viens de prendre s'appelle la *piéride du chou*. Les ailes sont

blanches, les supérieures ont l'extrémité noire et deux ou trois taches de la même couleur sur leur milieu.

ÉMILE. — Ce papillon, je le vois voler partout.

PAUL. — C'est, en effet, un des plus répandus. Sa chenille est verdâtre.

Fig. 47 . — Piéride du chou.

Elle est ornée de petits points noirs et de trois lignes longitudinales jaunes. Elle ne file pas de cocon pour se métamorphoser. La chrysalide est tachetée de jaune et de noir. On la trouve au voisinage des lieux où la chenille a vécu, suspendue aux murailles, aux arbres, d'une façon très-ingénieuse. Avant de se dépouiller de sa peau, la chenille bave le peu de liquide à soie dont elle dispose et se colle le bout de la queue contre l'emplacement choisi ; puis elle file une fine ceinture qu'elle se passe en travers du corps et dont elle fixe les extrémités à droite et à gauche sur la pierre du mur ou l'écorce du rameau. Ces préparatifs faits, la chrysalide apparaît, maintenue solidement en place : sa pointe inférieure est collée contre le rameau, sa moitié supérieure repose sur le lien de soie.

ÉMILE. — Sans aucun cocon pour la protéger ?

PAUL. — Sans aucune espèce de cocon, aussi dit-on de cette chrysalide qu'elle est nue.

Beaucoup d'autres chenilles sont dans le même cas : n'ayant à leur usage qu'une pauvre gouttelette de liquide à soie, quantité bien insuffisante pour se faire un cocon, elles se contentent, au moment de la métamorphose, de se coller par la queue et de s'entourer d'une ceinture. Il est à remarquer que les papillons dont les chenilles ne se filent pas de cocon, ont tous les

Fig. 48. — Chenille de la Piéride du chou et sa chrysalide.

antennes très-fines et terminées par un renflement subit ou bouton, et qu'ils volent de jour, aux plus vives clartés du soleil. Pour ce dernier motif on les nommes *papillons diurnes*. Ceux, au contraire, dont la chrysalide est enfermée dans un cocon, ont les antennes tantôt en forme de panache plumeux, tantôt en forme de fuseau, de massue allongée, tantôt en forme de filament qui s'amincit peu à peu de la base au sommet. En outre, ils volent de préférence au crépuscule du soir et même la nuit. Pour cette raison on les appelle *papillons crépusculaires* et *papillons nocturnes*. Comparez les antennes de la piéride du chou avec celle du bombyx disparate, de la zeuzère, du bombyx livrée, et vous verrez le trait le plus facile à saisir pour distinguer un papillon dont la chrysalide est enfermée dans un cocon.

Jules. — Il n'y a qu'à regarder si les antennes se terminent ou non par un bouton ou renflement subit.

Émile. — Avec le bouton aux antennes, pas de cocon ; sans bouton, un cocon. Ce n'est pas plus difficile.

Paul. — Puisque le plus jeune des trois et le plus étourdi a si bien compris mon explication, je passe outre. Revenons donc au papillon dont la chenille intéresse tant Jules parce qu'elle mange indifféremment choux, navets, raves, capucines et résédas. Ce papillon ressemble à la piéride du chou. Il est pareillement blanc avec des taches noires sur les ailes supérieures, mais un peu moins foncées. Sa taille est d'environ un tiers plus petite. On le nomme *piéride de la rave*. Pour distinguer ces deux espèces, si voisines par la coloration et vivant toutes les deux au dépens de la même plante, les jardiniers appellent la première le *grand papillon du chou*, et la seconde le *petit papillon du chou*.

Jules. — Mais, je le connais ce papillon ; très-souvent j'ai vu les deux espèces ensemble sur les fleurs du jardin. Je les confondais parce qu'elles diffèrent à peine de couleur. Maintenant je saurai très-bien les distinguer. Le plus grand papillon blanc est la piéride du chou ; le plus petit est la piéride de la rave.

Paul. — Il est bien entendu que les mots de rave et de chou employés pour désigner les deux papillons ne veulent pas dire que la chenille de l'un mange exclusivement la rave et celle de l'autre le chou. C'est tellement vrai qu'on aurait pu sans inconvénient renverser les dénominations car les chenilles des deux espèces, suivant l'occasion se tiennent sur le chou, la rave, le navet et d'autres crucifères. Mais enfin fallait-il s'entendre, et l'on a choisi ces deux mots vrais au fond, mais qui pourraient nous tromper si nous les prenions dans un but trop exclusif.

La même observation s'applique à une troisième espèce, la *piéride du navet*, dont la chenille broute non-seulement le feuillage du navet, mais encore de la capucine, du réséda, de la rave, du chou et d'une foule d'autres cruci-

fères. Il est de la grandeur de la piéride de la rave. Ses
ailes sont blanches avec des veines verdâtres en dessous.
Les supérieures ont en outre des taches noires en dessus.
La chenille est un peu veloutée, toute verte sans lignes
longitudinales jaunes.

XXXVII. — Les Noctuelles.

PAUL. — Voilà déjà trois espèces de chenilles et la larve
d'un charançon qui ravagent le chou. Est-ce tout? Pas
encore, tant s'en faut. Beaucoup d'autres chenilles ont une
prédilection marquée pour cette plante savoureuse, ame-
née par la culture au plus haut degré de perfection. Ainsi
le chou-pommé, qui emboîte l'une dans l'autre ses feuilles
tendres et blanches, et le chou-fleur, qui change ses ramifications en une tête charnue, sont un régal pour une laide
chenille dont le papillon porte le nom de *noctuelle du
chou*.

Voyons d'abord le pa-
pillon. A ses antennes,
on reconnaît d'abord
qu'il est nocturne. Émile
me dira si la chrysalide
est enfermée dans un co-
con.

ÉMILE. — Oui. Pas de
bouton aux antennes, un
cocon.

Fig. 49. — Noctuelle du chou.

PAUL. — C'est bien cela, seulement vous ne pourriez
pas dire de quelle nature est ce cocon.

ÉMILE. — Il est en soie.

PAUL. — Pas en entier. Beaucoup de chenilles, peu riches
en liquide à soie, font entrer dans la construction de leurs
cocons des matériaux très-divers : de la terre, de la râpure
de bois, des débris de feuilles, les poils de leurs corps. La
chenille de la noctuelle s'enfonce à une petite profondeur
dans le sol pour se métamorphoser; elle incorpore beaucoup de terre à son maigre tissu de soie.

5

Le papillon qui sort de ce grossier cocon a les ailes supérieures brunes, avec des lignes transversales ondulées, noirâtres et blanches, et vers le milieu une tache ovale, pointillée de blanc. Les ailes inférieures sont blanchâtres, plus obscures sur les bords. La chenille est d'un vert ou d'un jaune sale. Elle a sur le dos une ligne longitudinale obscure, et de chaque côté une raie noire interrompue. Plus bas, au-dessus des pattes, se trouve une bande jaunâtre. Cette chenille éclot en mai. Elle broute d'abord les feuilles extérieures ; puis, devenue grande, elle s'enfonce au cœur du chou-pommé ou du chou-fleur, et, sans reparaître au dehors, dévore en paix les parties les plus tendres. La déloger alors est assez difficile. On peut essayer cependant l'eau de savon ou bien l'eau de chaux. On saupoudre les choux d'une pincée de chaux délitée à l'air, et quelques heures après on les arrose légèrement. L'âcreté du liquide peut faire périr la chenille sans endommager la plante.

Louis. — Je préférerais détruire les chenilles avant qu'elles aient pénétré dans le chou, quand elles mangent les feuilles vertes de l'extérieur.

Paul. — Évidemment, c'est préférable. Autant que possible ne donnons pas à l'ennemi le temps d'atteindre un refuge où il serait difficile de l'atteindre.

A défaut de choux-pommés et de choux-fleurs, la même chenille attaque beaucoup d'autres plantes potagères : elle est du nombre de ces voraces mangeurs qui ne font pas de distinction entre le goût d'une plante et celui d'une autre. Je dois en dire autant de la chenille du papillon que voici, chenille très-commune dans la plupart des jardins, où elle se nourrit indifféremment de choux, d'épinards, de laitues, des feuilles du groseillier, du

Fig 50. — Noctuelle potagère.

framboisier. La goulue ne respecte pas même les parterres ; de nuit, elle grimpe sur les hautes tiges des dahlias pour en manger les fleurs.

JULES. — C'est bon à savoir. J'ai dans mon jardin trois pieds de dahlias qui, cet automne, me donneront de bien belles fleurs. Je surveillerai de près la chenille, mais avant il faut la connaître.

PAUL. — Elle est verte ou d'un brun clair, avec des points blancs, trois lignes longitudinales blanches sur le dos, et une bande jaune de chaque côté. Le papillon a les ailes supérieures couleur de rouille, et les ailes inférieures d'un blanc sale, bordées de noir. En outre, les ailes supérieures sont ornées de raies transversales obscures, d'une raie blanche sinueuse dont le milieu figure la lettre M, et de deux taches jaunes. La chenille se métamorphose en terre, où elle passe l'hiver à l'état de chrysalide.

Avec les deux papillons qui précèdent se classe ce troisième nommé *Noctuelle gamma*. Sa chenille se nourrit de diverses plantes potagères, notamment des pois et des épinards. Elle est verte, hérissée de poils fins et courts, avec six lignes longitudinales bleuâtres ou blanches et une bande jaune

Fig. 51. — Noctuelle gamma.

de chaque côté. Le papillon est très-joli et facile à reconnaître à ses ailes supérieures d'un gris soyeux, marbrées de brun, de noir et de bronzé, et marquées au milieu d'un trait argenté rappelant la forme d'un Y.

Pour en finir, je vous parlerai de la noctuelle de la betterave, la plus importante à connaître à cause des dégâts énormes qu'elle fait parfois en agriculture. Sa chenille vit dans la terre, à la manière des larves du hanneton ; et avec ses robustes mandibules, elle ronge les racines des plantes, spécialement celle de la betterave. On ne la voit jamais sur les feuilles, jamais sur les tiges. Si de nuit elle abandonne ses galeries souterraines et vient à la surface, c'est pour voyager et choisir un meilleur emplacement, mais non pour grimper sur les plantes, ce qu'elle ne ferait d'ailleurs que très-difficilement à cause de ses pattes peu aptes à saisir. Les agriculteurs lui donnent le nom de *Ver-gris*.

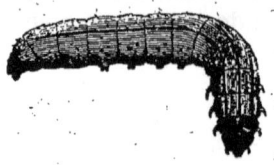

Elle est lisse, luisante, d'un vert grisâtre, avec deux rangées transversales de petites verrues noires et surmontées d'un cil, sur chaque anneau du corps. Pour se métamorphoser, elle se construit dans la terre une petite loge dont elle

Fig. 52. — Le ver gris.

consolide les parois avec un peu de soie. Le papillon a les ailes inférieures blanches, et les ailes supérieures brunes ou fauves, avec trois lignes transversales ondulées et des taches noirâtres.

Cette noctuelle est parfois d'une abondance calamiteuse dans les grandes plantations des betteraves à sucre. Ces dernières années, elle a fait des ravages pour plusieurs millions dans divers départements de la France, surtout dans ceux du Nord et du Pas-de-Calais. Pour peu que l'on creusât au pied de la première betterave venue, on trouvait à poignées le ver-gris rongeant la chair sucrée de la racine. En certains points, on en comptait une centaine et plus pour une étendue de l'ampleur de la main. Il va sans dire que les fabriques de sucre chômaient faute de betteraves, tandis que l'affreux ver-gris se régalait sous terre par légions innombrables.

Je n'ajouterai plus que quelques mots pour vous apprendre à distinguer les noctuelles des bombyx, dont je vous ai déjà raconté l'histoire. Les noctuelles ont les antennes menues, effilées ; leurs chenilles, rarement velues, vivent de plantes basses ou de racines, et se métamorphosent en général dans le sol où elles agglutinent de la terre avec un peu de soie pour se faire un cocon. Les bombyx ont les antennes en panache plumeux, dans les mâles surtout; leurs chenilles, fréquemment hérissées de poils ou de tubercules épineux, se métamorphosent dans des coques de soie. Le papillon dont la chenille est élevée pour la soie de son cocon, est un bombyx.

XXXVIII. — Les Hyménoptères.

Quelque chose manquait à l'histoire des Noctuélles.
L'oncle Paul avait fait connaître les papillons et leurs chenilles, il avait raconté leur manière de vivre et leurs dégâts, mais il n'avait rien dit sur les moyens à employer
pour se délivrer des pernicieuses bêtes. Était-ce un oubli ?

Paul. — Non, mes enfants, ce n'est pas un oubli de ma
part. Si je n'ai rien dit des moyens propres à détruire en
grand ces chenilles voraces, c'est que je n'en connais pas
de réellement applicable. Pour protéger quelques carrés
de choux contre les piérides et les noctuelles, la chasse aux
papillons et un échenillage attentif d'un pied à l'autre, à
la rigueur peuvent suffire ; mais comment délivrer de leur
vermine des hectares et des hectares de terrain quand elle
y pullule à la manière du ver-gris dans les plantations de
betterave ! On dépenserait à l'extermination des chenilles
plus que la valeur de la récolte. Il en est à peu près toujours ainsi dans la grande culture ; une fois l'ennemi
maître du sol, si nous étions réduits à nos propres forces,
il nous serait impossible de l'en déloger, même avec des
frais énormes. A cause de leur nombre infini, les insectes
presque toujours auraient le dessus, je n'en fais aucun
doute. Heureusement d'autres combattent pour nous ; en
particulier, de vaillants destructeurs de chenilles.

Jules. — Les oiseaux ?

Paul. — Et d'autres encore, que vous ne connaissez pas,
dont vous n'avez jamais entendu parler, malgré les immenses services qu'ils nous rendent. Ce sont des insectes
de l'ordre des Hyménoptères.

Jules. — Hyménoptères ? Ce mot là, je l'entends pour
la première fois.

Paul. — Aussi je m'empresse de vous expliquer ce
qu'il désigne. Vous connaissez l'abeille, la guêpe, le bourdon. Comme les papillons, ils ont quatre ailes propres au
vol mais non revêtues d'une poussière écailleuse. Ils ont
au bout du ventre un aiguillon très-fin qui sort de son

étui quand l'insecte irrité cherche à se défendre en piquant les doigts qui l'ont saisi. Dans d'autres espèces, cet aiguillon est remplacé tantôt par une espèce de scie, de coutelas, tantôt par un fil plus ou moins long et menu, caché dans un pli du ventre ou bien toujours saillant. Eh bien, les insectes qui sont armés au bout du ventre d'un aiguillon, d'une scie, d'un fil, et qui possèdent quatre ailes membraneuses, également fines et transparentes comme le sont les ailes de l'abeille, de la guêpe et du bourdon, se

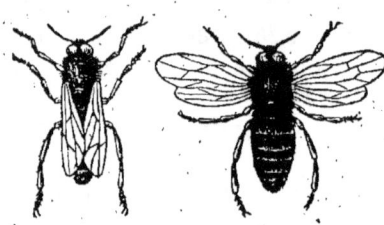

nomment des hyménoptères. Ils forment un ordre de même que les papillons forment l'ordre des lépidoptères, et les insectes à élytres l'ordre des coléoptères.

Fig. 53. — Abeilles.

JULES. — La sauterelle a bien au bout du ventre une espèce de sabre, mais elle n'a pas les ailes transparentes et fines de l'abeille.

PAUL. — Aussi n'est-elle pas un hyménoptère.

ÉMILE. — La sauterelle, n'est-ce pas, ne fait pas de mal avec son sabre ?

PAUL. — Aucun. Cet outil lui sert uniquement à introduire ses œufs dans la terre ; où ils doivent éclore. C'est un conduit pour la ponte. On le nomme *tarière*. La scie, le fil, le coutelas et autres engins qui terminent le ventre de divers hyménoptères, sont aussi des tarières. Ils servent à déposer les œufs en des points convenables où les larves trouvent à vivre. Mais ces outils, si menaçants qu'ils soient, ne piquent jamais quand on saisit l'insecte ; ce ne sont pas des armes défensives. L'abeille seule, la guêpe, le bourdon et quelques autres, ont pour leur défense un aiguillon à piqûre douloureuse.

ÉMILE. — Si douloureuse, qu'il me souvient encore du jour où, voulant voir ce qui se passait dans la ruche, je fus piqué par les abeilles.

LOUIS. — La piqûre de la guêpe est bien plus mauvaise.

En vendangeant, l'an dernier, je saisis une grappe où se trouvaient des guêpes. J'eus la main enflée tout le jour, avec des douleurs qui m'auraient fait pleurer s'il n'y avait eu personne.

JULES. — Est-il possible que d'aussi petites bêtes vous fassent tant de mal. Je voudrais bien savoir pourquoi.

PAUL. — Je vais vous le dire. L'aiguillon ou dard de ces insectes est une menue lance dure et très-pointue, une espèce de poignard plus fin que la fine aiguille. Il est placé au bout du ventre. A l'état de repos, il ne se voit pas, caché qu'il est dans une gaîne rentrant dans le corps de la bête ; au moment du danger, il sort de son étui. Or ce n'est pas précisément la blessure faite par l'aiguillon qui provoque la cuisante douleur que vous savez. Elle est si légère, cette blessure, si subtile, que nous ne pouvons la voir. A peine la ressentirions-nous si elle était faite par une aiguille ou par une épine aussi menue que le dard. Mais l'aiguillon est en communication avec une poche à venin logée dans le corps de l'insecte, et, au moyen d'une rigole dont il est creusé, il conduit au fond de la blessure une gouttelette du redoutable liquide. L'aiguillon est alors retiré : quant au venin, il reste dans la blessure, et c'est lui, uniquement lui, qui est cause de la douleur.

Les savants qui se sont occupés de cette curieuse question, nous parlent de l'expérience suivante, pour établir que c'est bien le liquide venimeux introduit dans la blessure, et non la blessure elle-même, qui endolorit le point piqué. Quand on se pique légèrement avec une aiguille très-fine, le mal est bien peu de chose et passe presque aussitôt. Eh bien, la piqûre d'une aiguille, insignifiante par elle-même, peut donner lieu à de très-vives douleurs si la petite plaie est empoisonnée avec du venin d'abeille ou de guêpe. Les savants dont je vous parle trempent la pointe de l'aiguille dans la poche à venin de l'abeille, et de cette pointe ainsi humectée de liquide venimeux, se font une légère piqûre. La douleur est alors de longue durée et très-forte, encore plus que si l'insecte avait lui-même piqué l'expérimentateur. Ce surcroît de douleur provient de ce que l'aiguille, comparativement grossière, introduit dans la plaie bien plus de venin que ne peut le faire le délicat aiguillon de l'abeille. Vous le comprenez maintenant, je l'espère : c'est l'introduction du venin dans la blessure qui est cause de tout le mal.

JULES. — C'est visible.

PAUL. — L'aiguillon de l'abeille est barbelé, c'est-à-dire armé de dentelures dirigées en arrière. Dans sa précipitation à fuir après avoir piqué, l'abeille ne parvient pas toujours, à cause de ces dentelures, à retirer l'aiguillon de la blessure ; elle s'envole en laissant dans la plaie l'arme arrachée du ventre au péril de la vie. La poche à venin reste aussi. C'est le petit noyau blanc que l'on voit en dehors de la blessure à la base du dard. Si, voulant retirer l'aiguillon, on a la maladresse de presser sur cette poche, une plus grande quantité de venin s'infiltre dans la plaie et la douleur augmente. Vous êtes avertis : si jamais une abeille vous pique, retirez le dard avec précaution et gardez-vous de presser sur le réservoir du venin.

ÉMILE. — On dit la vipère si venimeuse, et le scorpion aussi. Font-ils comme l'abeille ?

PAUL. — La demande d'Émile va nous détourner un moment de notre sujet, mais comme la question des animaux venimeux est très-importante, volontiers je m'y arrête quelques instants.

XXXIX. — Les animaux venimeux.

PAUL. — Tous les animaux venimeux agissent à la manière de l'abeille, de la guêpe et du frelon. Avec une arme spéciale, aiguillon, croc, dard, lancette, placée tantôt en un point du corps, tantôt en un autre, suivant l'espèce, ils font une légère blessure dans laquelle s'infiltre une goutte de venin. L'arme n'a d'autre effet que d'ouvrir une route au liquide venimeux, et c'est celui-ci qui provoque le mal. Pour que le venin agisse en nous, il faut qu'il soit mis en contact avec notre sang par une blessure qui lui ouvre le chemin. Mais il ne produit absolument rien sur la peau,

à moins qu'il n'y ait déjà une entaille, une simple égra-
tignure qui lui permette de pénétrer dans les chairs et de
se mélanger avec le sang. Le venin le plus terrible peut
être manié sans péril aucun, si la peau ne présente pas
d'écorchure. Bien plus, on peut le mettre sur les lèvres,
sur la langue, l'avaler même sans qu'il en résulte rien de
fâcheux. Déposé sur les lèvres, le venin de la grosse guêpe
ou frêlon, ne produit pas plus d'effet que l'eau claire ;
mais la douleur serait atroce si le point touché présentait
la moindre écorchure. Le venin de la vipère est tout aussi
inoffensif tant qu'il ne peut se mélanger avec le sang. Il

Fig. 54. — La vipère.

s'est trouvé de courageux expérimentateurs qui l'ont
goûté, qui l'ont avalé, et qui après ne se portaient pas
plus mal qu'auparavant.

ÉMILE. — Est-ce vrai, mon oncle ! des personnes ont eu
le courage d'avaler du venin de vipère? Ah! ce n'est pas
moi qui aurais eu cette témérité.

PAUL. — Il est heureux que d'autres l'aient eu pour
nous, et nous devons leur en être très-reconnaissants, car
ils nous ont appris ainsi, comme vous allez le voir, le
moyen le plus prompt et l'un des plus efficaces à employer en cas d'accident.

JULES. — Le venin de vipère, qui ne fait rien sur la main, rien sur les lèvres et sur la langue, est il bien à redouter lorsqu'il se mélange avec le sang ?

PAUL. — C'est terrible, mon cher enfant, et j'allais vous en parler. Supposons qu'un imprudent vienne à troubler le redoutable reptile sommeillant au soleil. Soudain, l'animal se déroule en cercles superposés, se débande avec la brusquerie d'un ressort, et de sa gueule largement ouverte, vous frappe à la main. C'est l'affaire d'un clin-d'œil. Avec la même rapidité, la vipère replie sa spirale et se retire, continuant à vous menacer de sa tête placée au centre de l'enroulement. Vous n'attendez pas une seconde attaque, vous fuyez; mais, hélas! le mal est fait. Sur la main blessée, deux petits points rouges se voient, presque insignifiants, vrais piqûres d'aiguille. Ce n'est pas bien alarmant ; vous vous rassurez si vous êtes dans l'ignorance des choses que j'ai tant à cœur de vous apprendre. Innocuité trompeuse ! Voici que les points rouges s'entourent d'un cercle livide. Avec de sourdes douleurs, la main s'enfle, et, de proche en proche, le bras. Bientôt des sueurs froides et des nausées surviennent ; la respiration se fait pénible, la vue se trouble, l'intelligence s'engourdit, une jaunisse générale se déclare, accompagnée de convulsions. Si l'on n'est pas secouru à temps, la mort peut arriver.

JULES. — Vous nous faites venir la chair de poule, mon oncle.

LOUIS. — On dit qu'il y a des vipères dans les broussailles des collines voisines.

JULES. — Que ferions-nous, misérables, si pareil malheur nous arrivait loin de vous, loin de la maison !

PAUL. — Dieu vous garde d'un tel malheur, mes pauvres enfants ! Mais enfin, s'il vous arrivait, il faudrait serrer, lier même, le doigt, la main, le bras, au dessus de la partie blessée pour entraver la diffusion du venin dans le sang ; il faudrait faire saigner la plaie en exerçant des pressions tout autour ; il faudrait la sucer énergiquement pour en extraire le liquide venimeux. Je vous l'ai dit, le venin n'agit pas sur la peau. La succion est donc

sans danger aucun si la bouche n'a pas d'écorchure. Il est
visible que si, par une succion énergique et par une pression qui fait couler le sang, on parvient à extraire tout le
venin de la plaie, la blessure est désormais sans gravité.
Pour plus de sûreté, dès que c'est possible, on cautérise
la plaie avec un liquide corrosif, eau forte ou ammo-
niaque, ou même avec un fer rouge. La cautérisation a
pour effet de détruire la matière venimeuse. C'est douloureux, j'en conviens, mais encore faut-il s'y résigner pour
éviter un mal plus grand. La cautérisation est l'affaire du
médecin. Les précautions préliminaires, ligatures pour
empêcher la diffusion du venin, pression pour faire
écouler le sang empoisonné, succion énergique pour
extraire le liquide venimeux, nous concernent personnel-
ment, et tout cela doit être fait à l'instant même. Plus on
tarde, plus le mal s'aggrave. Quand ces précautions sont
prises assez tôt, il est rare que la morsure d'une vipère
ait des conséquences fâcheuses.

JULES. — Vous me rassurez, mon oncle. Ces précautions
ne sont pas difficiles à prendre, si on conserve sa présence
d'esprit.

PAUL. — Aussi nous importe-t-il à tous de nous habituer
à raisonner le péril et à ne pas nous laisser gagner par
des frayeurs déréglées. L'homme, maître de lui-même,
est à demi maître du danger.

ÉMILE. — Vous venez de dire, mon oncle, morsure de
vipère et non piqûre. Alors les serpents mordent et ne
piquent pas. Je croyais le contraire. J'ai toujours entendu
dire qu'ils ont un aiguillon, un dard. Jeudi passé, Louis
qui n'a peur de rien, avait pris un serpent dans un trou
de vieux mur. Il était avec deux de ses camarades. On lia
la bête par le cou avec un jonc. Je passais, on m'appela.
Le serpent dardait de sa gueule quelque chose de noir, de
pointu, de flexible, qui allait et venait avec rapidité. Je
croyais que c'était le dard et j'en avais une belle frayeur.
Lous riait. Il disait que ce que je prenais pour aiguillon
était la langue de la bête ; et, pour me le prouver, il en
approcha le doigt.

Louis. — Moi, je savais bien que c'était la langue.

Paul. — Louis avait raison. Tous les serpents dardent entre leurs lèvres, avec une extrême vélocité, un filament noir, très-flexible et fourchu. Pour beaucoup de personnes, c'est l'arme du reptile, le dard ; mais en réalité, ce filament n'est autre chose que la langue, langue tout à fait inoffensive, dont l'animal se sert pour happer les insectes dont il se nourrit et pour exprimer à sa manière les passions qui l'agitent en la passant rapidement entre les lèvres. Tous les serpents, sans exception, en ont une ; mais dans nos contrées, la vipère seule possède le terrible appareil à venin.

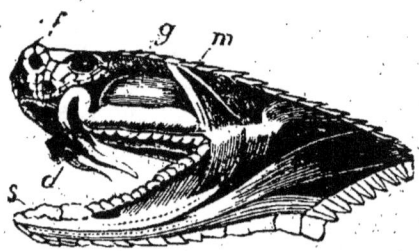

Fig. 55. — Appareil venimeux de la vipère. — d, dents ou crochets venimeux ; g, poche à venin, d'où part un conduit qui amène le venin dans le canal de la dent ; m, muscles qui compriment la poche à venin quand les deux mâchoires se rapprochent pour mordre ; f, narines ; s, organe qui produit la salive.

Cet appareil se compose d'abord de deux crochets ou dents longues et aiguës placées à la mâchoire supérieure. Ces crochets sont mobiles. A la volonté de l'animal, ils se dressent pour l'attaque ou se couchent dans une rainure de la gencive, et s'y tiennent inoffensifs comme un stylet dans son fourreau. De la sorte, le reptile ne court pas le risque de se blesser lui-même. Ils sont creux et percés vers la pointe d'une fine ouverture par laquelle le venin se déverse dans la plaie. Enfin, à la base de chaque crochet, se trouve une petite poche pleine de liquide venimeux. C'est une humeur d'innocent aspect, sans odeur, sans saveur ; on dirait presque de l'eau. Quand la vipère frappe de ses crochets, la poche à venin chasse une goutte de son contenu dans le canal de la dent, et le terrible liquide s'infiltre dans la blessure.

La vipère habite de préférence les collines chaudes et rocailleuses ; elle se tient sous les pierres et dans les fourrés de broussailles. Sa couleur est brune ou roussâtre. Elle a sur le dos une bande sombre en zigzag, et sur chaque flanc une rangée de taches. Son ventre est d'un gris ardoisé. Sa tête est un peu triangulaire, plus large que le cou, obtuse et comme tronquée en avant. La vipère est timide et peureuse, elle n'attaque l'homme que pour sa défense. Ses mouvements sont brusques, irréguliers, pesants.

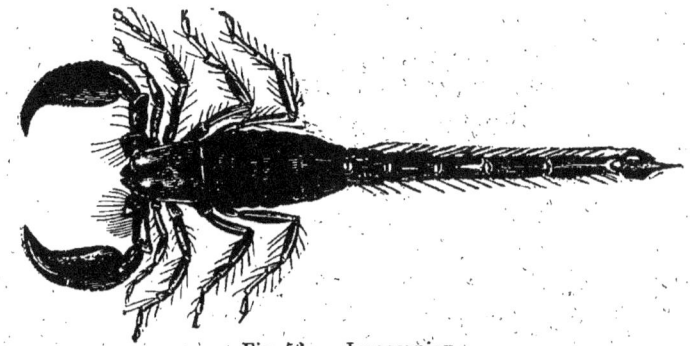

Fig. 56. — Le scorpion.

Les autres serpents de nos pays, serpents que l'on désigne par le nom général de couleuvres, n'ont pas les crochets venimeux de la vipère. Leur morsure est donc sans gravité, et la répugnance qu'ils nous inspirent n'est en rien motivée. Loin de nous être nuisibles, ils nous rendent service en détruisant divers ravageurs de nos récoltes.

Après la vipère, il n'y a pas en France d'animal venimeux plus à craindre que le scorpion. C'est une fort laide bête qui marche sur huit pattes.

JULES. — Le scorpion est-il un insecte?

PAUL. — Non. Les insectes ont tous six pattes, jamais plus, jamais moins. Le scorpion en a huit comme les araignées. Il appartient donc à la même classe que les arai-

gnées, c'est-à-dire à la classe des *arachnides* comme disent
les savants. Outre ses huit pattes, le scorpion a en avant
deux pinces semblables à celle de l'écrevisse. En arrière,
il a une queue noueuse, recourbée, se terminant par un
aiguillon. Les pinces sont inoffensives malgré leur mena-
çant aspect ; c'est l'aiguillon dont le bout de la queue est
armé qui est venimeux. Le scorpion en fait usage pour se
défendre et pour tuer les insectes dont il se nourrit. On
trouve dans les départements méridionaux de la France
deux scorpions d'espèce différente. L'un, d'un noir verdâtre, fréquente les lieux sombres et frais, et s'établit
jusque dans les maisons. Il ne sort de sa retraite que la
nuit. On le voit alors courir sur les murs crevassés, à la
recherche des cloportes et des araignées, sa proie habi-
tuelle. L'autre, beaucoup plus gros, est d'un jaune pâle.
Il se tient sous les pierres des collines chaudes et sablon-
neuses. La piqûre du scorpion noir rarement amène des
accidents sérieux ; celle du scorpion jaune peut être mor-
telle. Quand on irrite un de ces animaux, on voit une fine
gouttelette de liquide, limpide comme de l'eau, perler à
l'extrémité du dard prêt à frapper. C'est la goutte de venin
que le scorpion introduit dans la blessure.

JULES. — Les araignées ne sont-elles pas venimeuses?

PAUL. — A la rigueur, oui, en ce sens qu'elles ont de
chaque côté de la bouche un croc recourbé et creux qui
leur sert à infiltrer une goutte de venin dans le corps des
insectes dont elles se nourrissent, et à rendre ainsi plus
prompte la mort du gibier pris dans leurs toiles. Néanmoins
les araignées ne doivent pas être regardées comme des
animaux redoutables pour nous. Les crochets de la plupart
auraient bien de la peine à nous entamer la peau. De
courageux observateurs se sont fait mordre par les diverses
araignées de nos pays. La piqûre n'a jamais produit d'accident sérieux ; tout se bornait à une rougeur moins douloureuse que celle produite par la piqûre du cousin. Toutefois, les personnes un peu délicates doivent se méfier
des grosses espèces, ne serait-ce que pour s'épargner une
passagère douleur. On évite le dard bien autrement dou-

loureux de la guêpe, sans trop s'en préoccuper ; évitons de même les crochets des araignées sans jeter de hauts cris à la vue de l'un de ces animaux.

ÉMILE. — On dit que les araignées avalées par mégarde peuvent faire du mal et même empoisonner. Un de mes camarades me racontait qu'ayant mis une nichée de jeunes oiseaux dans une cage, il vit les parents, pour leur épargner les souffrances de la captivité, les empoisonner en leur donnant la becquée avec des araignées à travers les barreaux.

PAUL. — Ce camarade là se trompait grossièrement. Les pauvres petits moururent peut-être d'ennui, peut-être de faim, mais à coup sûr ils ne furent pas empoisonnés par leurs parents, surtout avec des araignées qui sont un régal pour beaucoup d'oiseaux. Les araignées ne sont pas vénéneuses.

ÉMILE. — Vous disiez cependant, mon oncle, qu'à la rigueur elles étaient venimeuses, du moins pour les mouches prises dans leurs toiles.

PAUL. — Vous confondez, mon petit ami, venimeux avec vénéneux. Venimeux se dit d'une chose qui, introduite dans le sang au moyen d'une blessure quelconque, provoque des accidents plus ou moins graves, à la manière du venin de la guêpe et de la vipère. Vénéneux se dit d'une chose qui, avalée, introduite dans l'estomac, peut faire du mal. Les poisons sont vénéneux, ils tuent quand on les mange, quand on les boit. Le liquide qui suinte des crochets de la vipère et du dard du scorpion est venimeux : il tue quand il se mélange avec le sang ; mais il n'est pas vénéneux, car on peut impunément l'avaler. Nous avons dans nos pays un assez grand nombre d'insectes venimeux : l'abeille, le frelon, la guêpe, le bourdon, enfin tous les hyménoptères à dard ; nous en avons très-peu de vénéneux. L'un de ces derniers mérite d'être connu. C'est la cantharide, magnifique insecte, d'un vert doré très-brillant, qui en juin apparaît par essaims sur le frêne, dont il broute le feuillage. Par son odeur forte et nauséabonde, la cantharide n'annonce rien de bon. Et en effet c'est un insecte très-vénéneux Les pharmaciens l'emploient, desséchée au soleil et réduite en poudre pour faire les vésicatoires, que l'on applique sur la peau. Rien que par son contact, cette poudre de cantharides rougit la peau, la soulève en ampoules et provoque une plaie très-douloureuse, mais utile dans certaines maladies. D'après cela, vous concevez sans peine de quelque affreuse manière l'estomac serait corrodé, si par malheur on avalait le redoutable insecte frais ou sec, en entier ou en poudre; on périrait de la mort la plus atroce.

Fig. 57. — La cantharide.

XL. — Les Ichneumons [1].

PAUL. — Revenons aux hyménoptères, dont l'histoire des animaux venimeux nous a détournés un moment. Au bout du ventre, les uns sont armés d'un aiguillon empoisonné, qui sert à la défense de l'animal; tels sont le bourdon, l'abeille et la guêpe, parmi les espèces qui vous sont les plus familières. Les autres portent une tarière, tantôt cachée dans un pli de la peau, tantôt longuement saillante, dont le rôle est, non de piquer pour venger l'insecte offensé, mais d'introduire les œufs en des points où les larves trouvent la nourriture qui leur convient. Nous appellerons ces derniers du nom général d'I—

Fig. 58. — Ichneumon.

[1] Prononcez : ikneumons.

chneumons. Ce matin, Émile en a pris un que je vais vous montrer.

Émile. — Il était sur les fleurs. Je me suis enveloppé la main d'un mouchoir, crainte d'être piqué. Ce qu'il porte au bout du ventre n'est pas rassurant.

Paul. — La précaution était inutile. Aucun ichneumon, si longue que soit sa tarière, ne peut piquer les doigts. Les hyménoptères à craindre ont leur aiguillon caché; ils ne le sortent qu'au moment de l'attaque.

Jules. — Ces trois fils, aussi longs que le corps de l'insecte, à quoi servent-ils donc?

Paul. — Les deux fils latéraux, en se rapprochant, forment une gaîne qui enveloppe et protège celui du milieu, le plus important des trois car il sert à déposer les œufs où l'insecte le juge à propos.

Louis. — J'ai vu des ichneumons, à peu près pareils dont la tarière était engagée dans l'épaisseur de l'écorce d'un peuplier. Apparemment ils pondaient leurs œufs dans l'intérieur du bois.

Paul. — Mieux que cela. Les larves d'ichneumons vivent dans le corps d'autres larves qu'elles dévorent petit à petit, sans les tuer jusqu'au dernier moment. Ce sont des larves carnassières, à qui il faut de la chair fraîche, se renouvelant à mesure qu'on la mange. Les ichneumons dont Louis nous parle étaient occupés à déposer leurs œufs dans le corps de vers dodus qui vivent dans le bois et deviennent des capricornes.

Jules. — Mais ces vers de capricornes ne se voient pas. Ils sont sous l'écorce, et même dans l'épaisseur du bois.

Paul. — L'ichneumon n'a pas besoin de les voir pour savoir qui ils sont.

Jules. — Il les entend alors?

Paul. — Pas davantage. Le ver se tient tranquille dans sa galerie; il se garde bien d'attirer par du bruit l'attention de son ennemi.

Jules. — Il les sent, au moins?

Paul. — C'est fort douteux. Une larve vivante n'a pas d'odeur. Et puis le plus difficile n'est pas de découvrir qu'une larve grasse à point est là, sous l'écorce, à telle ou telle autre profondeur ; il faut en outre savoir si l'œuf d'un autre ichneumon n'est pas déjà pondu dans le corps du vér convoité, car une seule larve serait insuffisante pour deux nourrissons. Un œuf déposé dans les graisses du ver ne se voit pas, ne s'entend pas, ne se sent pas ; c'est de pleine évidence. Cependant l'ichneumon ne plonge jamais sa tarière à travers l'écorce, dans une larve déjà occupée. Comment fait-il pour se guider. Je n'en sais rien, nul ne le sait. L'instinct a des ressources que notre entendement ne peut même soupçonner. Un ichneumon arrive sur le tronc d'un arbre. L'écorce parfaitement saine ne pourrait indiquer aux yeux les plus clairvoyants la présence de ce que recherche l'hyménoptère. N'importe, l'insecte a bientôt reconnu si l'emplacement est bon. Il explore les lieux, il les palpe avec ses antennes dans un continuel mouvement de vibration. Un point est choisi. L'ichneumon s'affermit sur les jambes, redresse le ventre, et, tenant verticalement la tarière, il en plonge la pointe dans une fissure imperceptible de l'écorce. Sa sonde descend, non sans hésitations et sans efforts à cause des difficultés qui se rencontrent en chemin ; elle descend autant que le permet sa longueur. Le but est atteint, la pointe de l'instrument arrive dans les chairs du ver caché sous l'écorce. Une fois l'œuf conduit au fond de la plaie, l'hyménoptère retire son fil avec précaution pour ne pas le rompre, et va continuer sa ponte dans le corps d'autres larves.

Jules. — L'excessive longueur de ce fil, qui semble d'abord très-embarrassante pour l'animal, est au contraire parfaitement appropriée au travail de l'insecte. Avec une tarière trop courte, l'ichneumon ne pourrait atteindre les larves sous l'écorce et même dans le bois.

Paul. — D'après la longueur de la tarière, on peut juger de la profondeur où d'habitude l'œuf est pondu. Les ichneumons à longue tarière déposent leurs œufs dans le corps de larves que protége une épaisse couche d'écorce, ou de bois, ou de terre, ou d'autres matériaux ; ceux à tarière courte s'adressent aux larves vivant en plein air, par exemple aux chenilles. Cependant si la chenille est hérissée de longs poils, qui tiennent l'ichneumon à distance de la peau de sa victime, la sonde allongée est encore nécessaire pour amener les œufs dans l'épaisseur des chairs. Mais pour des chenilles à peau rase, sans défense aucune, l'hyménoptère est armé d'une tarière très-courte, souvent invisible à l'état de repos. Il faut presser le bout du ventre de l'insecte pour faire saillir l'outil de la ponte, lancette, scie, menu fil ou autre engin de ce genre.

C'est un spectacle des plus curieux que celui d'un ichneumon en chasse. Des chenilles broutent paisiblement sur des feuilles. Un ichneumon survient, il plane au dessus du troupeau, il choisit du regard les meilleures, il exclut celles dont les flancs recèlent déjà des œufs. Au bruit d'ailes de leur ennemi, les chenilles terrifiées cessent de manger et donnent à droite et à gauche de brusques coups de tête, dans le but sans doute d'effrayer l'ichneumon. L'hyménoptère ne tient compte de ces vaines menaces; il s'abat sur la chenille choisie. Avec une prestesse qui vous donne à peine le temps de voir l'opération, il darde sa tarière et pond un œuf dans la plaie.

ÉMILE. — Et la chenille ne se défend pas?

PAUL. — Elle se démène vivement, mais c'est tout. La misérable bête ne peut se défendre contre un ennemi soutenu en l'air, à distance, par ses ailes, et toujours prêt à s'envoler. Les autres chenilles du troupeau sont ainsi attaquées une à une jusqu'à ce que l'ichneumon ait terminé sa ponte.

JULES. — Chaque chenille ne reçoit qu'un œuf?

PAUL. — Cela dépend de la grosseur de l'hyménoptère. S'il est de grande taille, l'ichneumon n'introduit qu'un œuf dans chaque chenille afin que les larves aient individuellement assez de nourriture; s'il est petit, il en introduit plusieurs.

ÉMILE. — Et puis qu'arrive-t-il.

PAUL. — L'ichneumon parti, les chenilles piquées se

consolent vite et se remettent à manger. La piqûre, non empoisonnée avec du venin, est peu douloureuse; d'ailleurs il en faudrait bien davantage pour leur troubler l'appétit. Tout va pour le mieux pendant quelques jours, tant que les œufs ne sont pas éclos.

ÉMILE. — Ces œufs éclosent dans le ventre des chenilles?

PAUL. — Oui.

ÉMILE. — Et aussitôt écloses, les petites larves de l'ichneumon se mettent à dévorer l'intérieur de la chenille?

PAUL. — C'est cela même.

ÉMILE. — Quelles atroces coliques alors pour ces pauvres chenilles!

PAUL. — Avec ces douleurs d'entrailles dévorées, les chenilles pourtant continuent de manger comme si de rien n'était; les satisfactions de l'estomac leur font oublier la souffrance, tant pour elles est impérieux le besoin de manger. Et puis les vers mettent une certaine réserve dans leurs ravages; voici pour quel motif.

Dans le corps de tout animal se trouvent des organes plus indispensables que d'autres au maintien de la vie; pour peu qu'ils soient blessés, la mort survient. Tels sont le cœur et le cerveau chez les animaux supérieurs. Dans le corps d'une chenille, il n'y a pas il est vrai de cœur et de cerveau semblables à ceux des animaux supérieurs, mais il y a des organes analogues, tout aussi nécessaires à l'exercice de la vie. Si les larves de l'ichneumon, en fouillant les entrailles de leur victime, venaient à blesser ces organes essentiels, la chenille périrait rapidement; les larves périraient aussi car il leur faut des vivres frais et non de la chair corrompue. Il y va de leur vie si les vermisseaux donnent un coup de dent mal à propos. La chenille doit vivre pour les faire vivre, elle doit prolonger sa douloureuse existence jusqu'à ce qu'ils soient prêts pour la métamorphose. Les vers qui rongent les entrailles de la chenille respectent donc scrupuleusement tout organe indispensable au maintien de la vie et se nourrissent du reste; guidés par la science infuse de l'instinct, ils distinguent admirablement ce qu'ils peuvent attaquer de ce qu'il faut laisser. Un jour vient néanmoins où, n'ayant plus de réserve à garder à cause de l'approche de la métamorphose, ils dévorent ce qu'ils avaient respecté jusque-là. La chenille alors périt, réduite à une peau flasque que les larves abandonnent pour se filer un cocon, se changer en nymphes et enfin en ichneumons. D'autres fois encore, la chenille est assez longtemps ménagée pour qu'elle puisse s'enfermer dans une coque et devenir chrysalide; les larves qui l'habitent ont de la sorte, sans travail de leur part, un solide logement pour l'hiver. De ces chrysalides véreuses, rongées jusqu'à la peau, sortent au printemps des ichneumons et non des papillons.

JULES. — J'avais trouvé l'an dernier dans le jardin un gros cocon brun d'où j'espérais voir sortir un beau papillon. Ce printemps, à ma grande surprise, il en est sorti une foule de petites mouches.

PAUL. — Ce que vous avez pris pour des mouches était une nichée d'ichneumons. Du reste il y a des mouches, de véritables mouches, qui pondent leurs œufs dans le corps des chenilles, tout comme les hyménoptères à tarière.

LOUIS. — Avec leur singulière façon de vivre, les ichneumons doivent détruire beaucoup de chenilles.

PAUL. — Ils en détruisent tant, que, bien des fois, si l'on prend cent chenilles au hasard sur un chou ou toute autre plante potagère, à peine en trouve-t-on deux ou trois qui ne soient pas piquées et puissent se métamorphoser.

LOUIS. — Reconnaît-on celles qui sont piquées?

PAUL. — Parfaitement. Les points atteints par la tarière de l'ichneumon s'entourent d'une petite tache noire. Quand on procède à l'échenillage, il convient de ne pas écraser les chenilles que l'on reconnaît piquées, non plus que celles d'aspect languissant, à peau flasque. Ce sont des nourrices d'ichneumons, qui nous vaudront, la saison suivante, des auxiliaires de plus pour la destruction des chenilles.

XLI. — Cécydomies et Oscines.

PAUL. — Le rôle des ichneumons est de détruire les larves pour maintenir les espèces envahissantes dans de justes limites. Il y en a de toute grandeur, proportionnée à la taille des victimes. Les uns mesurent un pouce et plus, ils s'attaquent aux grosses chenilles ; d'autres ressemblent à de frêles moucherons, ils font la guerre aux moindres vermisseaux. Je vais vous faire connaître deux petits ichneumons qui sauvegardent les céréales ; vous verrez de quels infimes amis ou ennemis dépend parfois notre pain quotidien.

Les insectes dont nous avons parlé jusqu'ici possèdent tous quatre ailes. Les coléoptères ont les ailes supérieures disposées en élytres, c'est-à-dire en étui corné recouvrant les ailes inférieures, membraneuses et seules propres au vol ; les lépidoptères ont les deux paires d'ailes aptes au vol et poudrées d'une poussière écailleuse ; les hyménoptères ont les quatre ailes membraneuses, transparentes, sans poussière. La mouche commune et une foule d'autres insectes que nous désignons par les noms vulgaires de mouches, cousins, moucherons, ne possèdent que deux

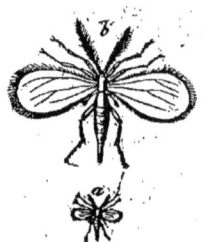

Fig. 59. — Cécydomie du froment.— *a*, l'insecte de grandeur naturelle; *b*, le même grossi.

ailes au lieu de quatre. Ces deux ailes sont fines et transparentes comme celles de l'abeille, de la guêpe et du bourdon. Les insectes à deux ailes forment un ordre particulier, l'ordre des *Diptères*. La mouche, l'éristale, sont des diptères. Qui me dira maintenant à quel ordre appartient l'insecte que voici ?

ÉMILE. — Il est bien petit. Laissez-le moi regarder de près.

PAUL. — Peu importe la taille. Considérez les ailes.

ÉMILE. — Il n'y en a que deux, comme dans la mouche. C'est un diptère.

Paul. — Bien.

Louis. — Je lui trouve une certaine ressemblance avec le cousin, qui chante à nos oreilles et nous pique pendant la nuit.

Paul. — Ce diptère a, comme le cousin, les antennes façonnées en délicat panache, mais ses mœurs sont bien différentes. A l'état de larve, le cousin vit dans l'eau croupissante ; l'autre vit dans les fleurs du blé. Il est tout jaunâtre et se nomme *Cécydomie du froment*.

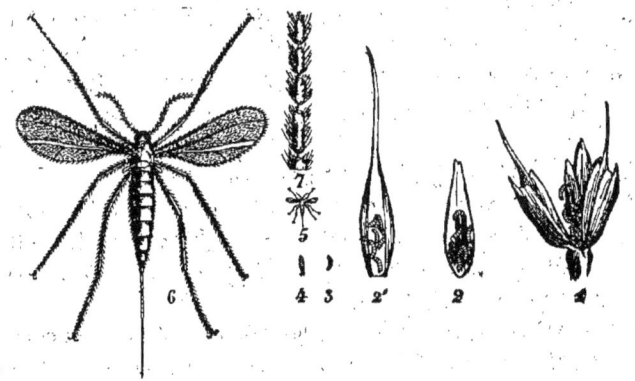

Fig. 60 — 1, Épillet de blé attaqué par les larves de la cécydomie ; 2 et 2', les mêmes larves sous les écailles de la fleur ; 3, la larve, grandeur naturelle ; 4, la nymphe, grandeur naturelle ; 5, la cécydomie femelle, grandeur naturelle ; 6, la même, très-grossie ; 7, un fragment de l'antenne.

Lorsque l'épi commence à se dégager des feuilles, par un temps calme et pluvieux, la cécydomie dépose ses œufs dans l'intérieur des fleurs. Les larves sont de petits vers rouges, qu'on trouve réunis en famille entre les enveloppes des fleurs naissantes. Elles rongent ce qui doit devenir le grain de blé, de sorte qu'à la maturité l'épi est vide. Quand elles sont suffisamment développées, les larves se laissent tomber du bout du chaume en amortissant la chute au moyen d'un fil qu'elles bavent, et s'enfouissent dans le sol pour se métamorphoser.

Jules. — Ces mangeurs de fleurs de froment, ces petits vers rouges ne doivent pas faire des dégâts considérables.

On les voit tout juste, tant ils sont petits. Que peuvent-ils détruire ! peut-être quelques poignées de grain.

PAUL. — Méfiez-vous des petits ennemis. Ce sont les plus à craindre à cause de leur nombre et de la difficulté de s'en délivrer. Pour la seconde fois, je saisis l'occasion de vous le dire. S'il vous faut des exemples, en voici un capable de vous convaincre. En 1846, la cécydomie détruisit en Belgique deux millions et plus d'hectolitres de froment. Pour alimenter le vermisseau rouge, grassement repu avec le quart peut-être de l'une des nombreuses fleurs de l'épi, il s'était perdu quarante millions de francs de blé. Combien étaient-ils ces terribles convives qui, petite bouchée par petite bouchée, faisaient élever leur écot à se chiffre énorme ? L'imagination recule devant le dénombrement.

JULES. — Et toutes les années c'est ainsi ?

PAUL. — Dieu nous en préserve ! D'habitude la cécydomie ne fait guère parler d'elle ; ses dégâts sont de peu de valeur parce que diverses causes s'opposent à l'effrayante multiplication de l'insecte.

Un petit ichneumon, en particulier, est expressément créé et mis au monde pour exterminer la race du redoutable moucheron. Que je vous montre ce précieux défenseur du froment Il ne paie pas de mine, je vous en avertis, il est tout petit ; mais il ne faut pas juger des insectes sur les apparences non plus que des gens. On le nomme *Psylle de Bosc*. Il est tout noir et facilement reconnaissable à l'espèce de corne qu'il porte à la naissance du ventre.

Fig 61. — Psylle de Bosc. — *b*, l'insecte grossi ; *a*, le même, grandeur naturelle.

ÉMILE. — Cette corne est la tarière pour pondre les œufs ?

PAUL. — Non. C'est un simple ornement qui donne à l'insecte un petit air batailleur. La tarière ne se voit pas ; elle est au bout du ventre, cachée dans un pli de la peau.

Le psylle voletant, trottinant d'un épi à l'autre surprend les vers rouges occupés à manger les fleurs et leur insinue un œuf dans le corps. Le reste, vous le devinez sans peine. Le vermisseau piqué nourrit de ses chairs la petite larve de l'ichneumon et périt.

Une autre cécydomie, nommée *cécydomie destructrice,* vit, à l'état de larve, dans les tiges du blé. Les tiges attaquées se dessèchent sans produire d'épi. Pendant vingt années, cette espèce a détruit en Amérique des récoltes entières. Elle a pour ennemi un petit ichneumon qui jusqu'ici nous a préservés en Europe de ce destructeur du froment.

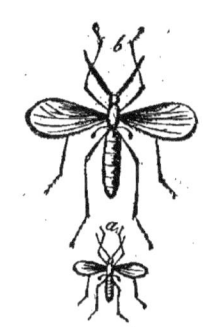

Fig. 62. — Cécydomie destructrice. *a,* grandeur naturelle; *b,* grossie.

Mais si nos terres à blé ne sont pas infectées par le ravageur américain, elles ne le sont que trop souvent par d'autres diptères appelés *oscines* et dont les larves vivent également dans les tiges des céréales, orge, avoine, seigle, froment. Les oscines ont à peu près la forme de la mouche vulgaire. Celle de seigle est jaune, avec trois bandes longitudinales noires sur le corselet et des bandes transversales de même couleur sur le ventre. Les ailes sont un peu irisées. Elle a pour ennemi l'*Alysie noire*, ichneumon fluet qui pénètre dans le canal des chaumes, atteint les larves du diptère et leur pond des œufs dans le ventre.

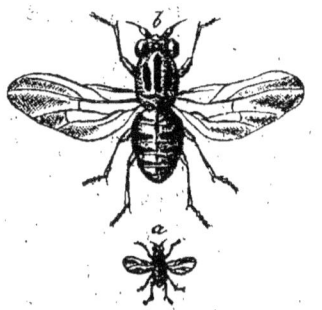

Fig. 63. — Oscine du seigle. *a,* grandeur naturelle; *b,* grossie.

Ne trouvez-vous pas, enfants, que les ichneumons font admirablement leur métier de destructeurs de larves. Il y en a de grands pour défendre les plantes potagères contre les chenilles; il y en a de tout petits pour visiter fleur par fleur les épis du froment et détruire les vers rouges de la cécydomie ; il y en a qui furettent dans le canal des chaumes pour délivrer les céréales des larves qui leur rongent la tige. Aurions-nous jamais la patience, le coup d'œil, la dextérité nécessaires pour ce minutieux et interminable travail !

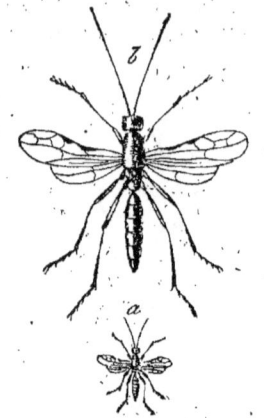

ÉMILE. — Je me figure que la tranche de pain blanc que mère Ambroisine va me donner tout à l'heure pour le goûter, je la dois peut-être aux ichneumons, qui ont préservé le blé de ses ennemis.

Fig. 64.—Alysie noire. *a*, grandeur naturelle; *b*, grossie.

PAUL. — Je ne dis pas non, tant il est vrai qu'il nous faut prendre en sérieuse considération même les plus petits parmi les petits, les uns amis, les autres ennemis, les uns défenseurs, les autres ravageurs.

XLII. — Ortalide, Dacus, Anthomye.

PAUL. — Qui ne connaît le ver des cerises ? Le fruit est de belle apparence, charnu, d'un noir pourpre, gonflé de suc. Au moment où vous allez le savourer, vous le sentez mollir du côté de la queue. Un soupçon vous vient. Vous ouvrez la cerise. Pouah ! un ver immonde nage dans la pulpe corrompue. C'est fini ; les belles cerises ne vous tentent plus.

Et dire que nous ne pouvons rien encore contre cette abjecte vermine qui, tous les printemps, vient prélever la dîme de nos plus beaux cerisiers. Les mauvaises griottes, à chair aigre, volontiers nous sont laissées, le ver ne les aime pas ; mais les autres, à chair sucrée, sont sa part à lui. L'homme, si puissant dans les grandes choses, est d'une désolante impuissance dans les plus petites. Il va

dans les mers glacées du pôle harponner l'énorme ba-
leine, il poursuit le lion de l'Afrique et le tigre de l'Inde,
il perce les montagnes pour s'ouvrir une voie souterraine,
il tranche un isthme pour faire communiquer deux mers,
il pèse le soleil, il change la face du monde et il ne peut
empêcher un asticot de lui manger les cerises.

Ce ver est la larve d'un diptère nommé l'*Ortalide du cerisier*. Figurez-vous une mouche noire, dont les ailes diaphanes sont barrées en travers de quatre bandes obscures.
Voilà l'ortalide. L'insecte pond ses œufs sur les cerises
encore vertes, un seul sur chaque fruit. Aussitôt éclos, le
vermisseau s'ouvre un passage à travers la chair et s'installe près du noyau. L'orifice d'entrée est très-petit et
d'ailleurs se cicatrice bientôt, de sorte que le fruit habité
par le ver paraît intact. La présence de la larve n'empêche
pas la cerise de grossir et de mûrir, circonstance excel-
lente-pour le ver qui se gorge ainsi de chair juteuse et
sucrée. A la maturité, la larve est elle-même développée
à point. Alors elle abandonne la cerise pour s'enfouir en
terre, où elle se transforme en nymphe et attend le mois
de mai suivant, époque de l'apparition de l'insecte parfait.

Louis. — On ne connaît pas de moyen, dites-vous, de
préserver les cerises de ce ver dégoûtant.

Paul. — Pour ma part je n'en connais pas. La mouche
qui produit ce ver est très-abondante, petite, pourvue
d'ailes agiles qui la dérobent à nos moyens de destruction.
Lui faire la chasse est impossible. Ses ennemis naturels,
oiseaux, ichneumons et les autres, peuvent seuls en diminuer le nombre.

Un moucheron, tout aussi difficile à combattre, ravage
les olives de la Provence. On le nomme *Dacus de l'olivier*.
Sa longueur est de 4 millimètres environ. Il est jaunâtre,
avec trois lignes noires sur le corselet, des bandes noires
transversales sur le ventre et une tache brune à l'extrémité des ailes. Il pond plusieurs œufs sur la même olive,
deux, trois et davantage. Les larves se nourrissent de la
chair du fruit qu'elles sillonnent de galeries remplies de
leurs immondices. Quand ces vers abondent, un seul

moyen reste de sauver au moins une partie de la récolte.
C'est de faire la cueillette des olives et d'en extraire l'huile
le plus tôt possible. Les
larves périssent écrasées
sous la roue du moulin
qui triture les fruits, et
l'on sauve la pulpe hui-
leuse qu'elles auraient
mangée en vivant plus
longtemps.

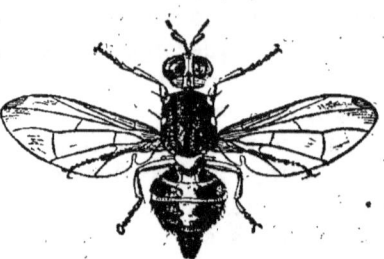

Fig. 65. — Dacus de l'olivier, très-grossi.

Par son nombre, sa pe-
tite taille, son vol facile,
la mouche des olives échappe à nos moyens de destruction,
tout comme la mouche des cerises. On lui connaît un ennemi. C'est une fourmi qui vi-
site les olives où le Dacus a fait
sa ponte et détruit les œufs du
moucheron.

ÉMILE. — On dit les olives
d'une âcreté insupportable.
quand elles sont vertes et encore sur l'arbre. Comment le
petit ver peut-il les manger ?

PAUL. — Chacun a ses goûts,
mon enfant : le vermisseau du
Dacus trouve excellent ce que
nous trouvons détestable. L'ail

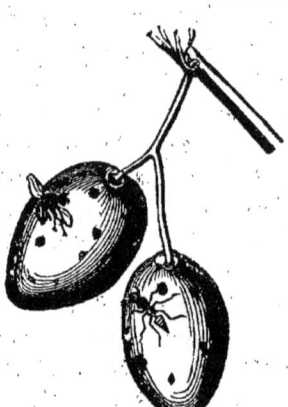

Fig. 66. — Dacus faisant sa ponte
et fourmi à la recherche des œufs.

cru, quelle saveur brûlante n'a-
t-il pas ? pour le manger, il
faudrait un palais doublé en fer blanc. Eh bien, il y
a un petit ver, encore d'un diptère, qui de sa fine bouche
grignote l'ail avec satisfaction. Il est heureux au possible quand il est installé dans la pulpe âcre, aux fortes
senteurs. C'est pour lui régal délicieux. Il ne vivrait que
de cela, mais il vit aussi, suivant les occasions, d'écha-
lottes, de ciboules, de poireaux et surtout d'oignons. Le
diptère d'où il provient se nomme l'*anthomye des oignons*.
C'est une mouche d'un gris cendré, avec des raies noi-

râtres et les ailes irisées. Les larves vivent tantôt isolées, tantôt par petites familles dans le même oignon. Les plantes attaquées se flétrissent et meurent. Leur bulbe répand une odeur infecte ; si l'on enlève les écailles extérieures, on voit les vers grouiller au milieu de la pourriture. Il est prudent d'arracher tous les pieds malades et de les brûler pour ne pas laisser le diptère se multiplier dans le jardin.

Fig. 67. — Anthomye des oignons. *a*, l'insecte parfait ; *b*, la larve.

Une autre anthomye vit aux dépens des navets. Elle est un peu plus petite que la mouche ordinaire, de couleur grisâtre avec les yeux rouges. Ses larves sont ces petits vers de couleur blanche que l'on trouve parfois en grand nombre dans la chair des navets.

XLIII. — Pyrales.

Louis. — Le ver si fréquent dans les poires et dans les pommes serait-il encore la larve d'un diptère?

Paul. — Non, mon ami ; c'est la larve d'un petit papillon.

Jules. — Les papillons reviennent bien souvent?

Paul. — De tous les insectes, ce sont les lépidoptères en effet qui commettent le plus de dégâts, non à l'état de papillons, dont jamais nous n'avons à nous plaindre vu qu'ils se bornent à sucer les fleurs avec leur petite trompe, mais à l'état de chenilles, douées des appétits les plus variés. Je vous ai parlé des chenilles qui rongent le bois, de celles qui tondent les étoffes de laine, de celles qui broutent le feuillage, de celles qui mangent les racines ; en voici maintenant qui s'attaquent aux fruits. La plus connue est la chenille qui vit dans les poires et les pommes. On la désigne ordinairement par le nom de *ver*.

Son papillon s'appelle *pyrale des pommes*. Il a les ailes supérieures d'un gris cendré, marbrées en travers de brun et ornées à l'extrémité d'une grande tache rousse cerclée de rouge doré. Les ailes inférieures sont brunes. Lorsque les fruits commencent à nouer, la pyrale dépose un œuf dans l'œil de la poire ou de la pomme indifféremment.

Le petit ver qui en provient, à peine de la grosseur d'un crin, s'introduit dans le fruit et se loge au voisinage des pépins. L'étroit canal par lequel il est entré se cicatrise de sorte que le fruit véreux paraît intact quelque temps. Cependant la chenille gros-

Fig. 68. — Pyrale des pommes.

sit, au sein de l'abondance ; il lui faut une galerie communiquant avec le dehors pour l'arrivée de l'air et pour l'assainissement de l'habitation encombrée de débris et d'ordures. Le ver creuse donc un couloir à travers l'épaisseur de la poire jusqu'à la surface du fruit où le canal se termine par une ouverture ronde. Par cette ouverture, la chenille reçoit de l'air et rejette de temps à autre, sous forme de vermoulure rougeâtre, la pulpe mâchée et digérée. La transparence de la peau fait que la chenille varie de couleur suivant la teinte de ce qu'elle a mangé. Elle est parfois blanche, parfois brune ou jaunâtre, parfois rosée. Elle est ornée de petits tubercules noirs, disposés deux par deux. La tête et le premier anneau du corps sont bruns.

Les poires et les pommes habitées par le ver continuent de grossir ; elles mûrissent même plus tôt que les autres, mais c'est une maturité maladive qui hâte la chute du fruit. En général, la chenille des fruits véreux tombés à terre a toute sa grosseur ; elle quitte donc son domicile par la voie de la galerie déjà creusée et se retire dans un pli de l'écorce de l'arbre, quelquefois sous terre, pour se construire une coque de soie mêlée de parcelles de bois ou de feuilles mortes, et devient papillon l'année suivante, quand apparaissent toutes jeunes les pommes et les poires où doivent être pondus les œufs de la nouvelle génération.

On trouve dans les prunes et les abricots un ver qui

ressemble beaucoup à celui des poires et des pommes ; on
en trouve un autre dans les châtaignes, un troisième dans
les cosses des petits pois, dont il ronge les grains tendres.
Le premier est la chenille d'un papillon nommé *pyrale
des prunes*, le second est la chenille de la *pyrale brillante*,
le troisième appartient à la *pyrale des pois*. Celui-ci quand
il a mangé le meilleur des grains tendres d'une cosse,
passe dans une autre qu'il perce d'un trou rond. Le papillon apparaît en juin, et la larve en juillet et août. Aussi
les pois printanniers ne sont jamais véreux tandis que
ceux de la fin de l'été le sont très-fréquemment. Cet
exemple vous montre comment dans certains cas on peut
préserver une récolte en accélérant ou retardant le semis
suivant l'époque d'apparition des ravageurs.

ÉMILE. — Rien de pareil n'est applicable aux châtaignes ;
je le comprends fort bien : les châtaigniers portant leurs
fruits à une époque fixe, qu'il n'est pas en notre pouvoir
d'avancer ou de retarder, et la pyrale vient à l'heure où
la table est mise pour sa larve. Quel ver dégoûtant, quand
on le trouve rouge et cuit dans son jus au cœur de la
châtaigne !

LOUIS. — Nous ne pouvons rien non plus pour les poiriers ?

PAUL. — Pas grand'chose. Il y en a qui ramassent les
fruits véreux tombés à terre ou encore sur l'arbre et les
écrasent pour détruire les chenilles qu'ils renferment.
C'est autant d'ennemis de moins pour l'année suivante.
Mais encore une fois, par nos seules forces, jamais nous
ne pourrions nous défendre contre les pyrales et autres
petits papillons dont les larves s'attaquent à peu près à
tout. Heureusement l'hirondelle les gobe en volant, les
chauves-souris leur font au crépuscule une chasse assidue,
le petit lézard gris les happe sur l'écorce des arbres ; ce
sont autant d'amis qui défendent nos jardins.

JULES. — Les papillons que vous appelez pyrales sont-ils
nombreux ?

PAUL. — Il y en a une foule d'espèces, et chaque espèce
est représentée par des légions incalculables d'individus.

Quelques pyrales s'attaquent aux fruits ; je viens de vous
faire connaître les principales. Les autres ont des mœurs
différentes dont je vous parlerai demain. Toutes sont des
papillons de petite taille, parfois de coloration très-élé-
gante. Leurs antennes sont fines ; les ailes, arrondies aux
épaules, s'élargissent en manière de chape, et sont rapprochées en forme de toit pendant le repos, c'est-à-dire
s'inclinent de droite et de gauche. Leurs chenilles ont la peau

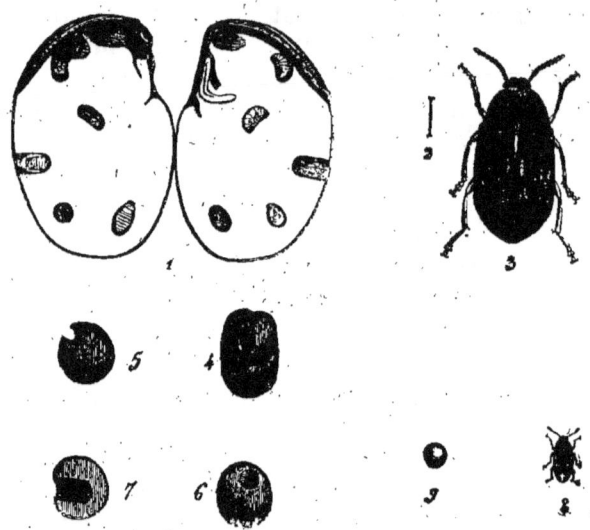

Fig. 69. — Bruches. — 1, Fève divisée pour montrer les larves et les
nymphes de bruche qui l'habitent ; 2, longueur naturelle de la bruche
des fèves ; 3, bruche des fèves, grossie ; 4, 5, 6, 7, féverolle. lentille et
pois attaqués par la bruche ; 8, bruche des pois ; opercule que l'insecte
soulève pour sortir du pois.

lisse et luisante. Elles reculent vivement quand on les
inquiète et se laissent tomber en amortissant la chute
au moyen d'un fil qui les tient suspendues par la lèvre.

ÉMILE. — C'est un ingénieux moyen. La chenille se croit-
elle en danger ? vite, elle colle le bout du fil quelque part,
et la voilà qui descend tout doucement à mesure que le
fil sort de la filière.

JULES. — Ce matin, mère Ambroisine triait des pois secs.

Il y en avait de percés d'un trou rond ; d'autres contenaient un petit insecte brun, taché de blanc. Les pois ont donc deux ennemis : la chenille de la pyrale qui les mange frais, et l'insecte dont je vous parle, qui les mange secs.

PAUL. — L'insecte qui mange les pois secs est un petit coléoptère, un charançon à bec large et très-court. On l'appelle *bruche des pois*. Un autre vit aux dépens des fèves, un autre aux dépens des lentilles. C'est toujours la larve qui fait les dégâts. Une fois arrivée à l'état parfait, la bruche perce la graine d'un trou rond et sort. Les mœurs de ces charançons sont les mêmes que celles de la calandre du blé. On le détruit par le sulfure de carbone, ou bien par l'action de la chaleur d'un four, si l'on ne doit pas ensemencer la graine, car l'élévation de température nécessaire pour faire périr ces insectes et leurs larves lui enlèverait la faculté de germer.

XLIV. — Les tordeuses.

PAUL. — Beaucoup de pyrales, quand elles sont sous la forme de chenilles, tordent les feuilles des arbres, les plient dans le sens de la longueur, les roulent sur elles-mêmes en étuis ronds, en cornets, ou bien les rapprochent plusieurs ensemble avec des fils de soie pour se faire un abri et ronger en sécurité l'intérieur de leur habitation de verdure. Pour ce motif, on les nomme *tordeuses*. Celle dont il est le plus parlé, à cause de la gravité de ses dégâts, est la *pyrale de la vigne*.

C'est un petit papillon dont les ailes jaunes ont des reflets métalliques cuivreux et des bandes transversales brunes. Sa chenille est verdâtre, hérissée de quelques poils courts, avec la tête d'un vert foncé luisant. Au mois d'août, le papillon pond ses œufs sur les feuilles de la vigne, par petites plaques d'une vingtaine au plus. L'éclosion a lieu en septembre. A cette époque avancée de l'année, les chenilles ne prennent aucune nourriture ; elles se suspendent à un fil et attendent que l'agitation de l'air

6

les pousse contre les ceps ou les échalas. Dès qu'elles ont
pris pied sur l'appui désiré, elles se réfugient dans les
rides de l'écorce et les fissures du bois. C'est là que les
chenilles restent engourdies et passent l'hiver. Au réveil
de la végétation, dès que la vigne déploie ses premières
pousses, elles quittent leur retraite, envahissent le cep et
enlacent de fils soyeux les jeunes grappes et les feuilles
naissantes pour les brouter avec l'appétit qui donne un
jeûne de cinq à six mois. Les dégâts vont vite avec de
telles affamées. En quelques semaines, quand cette engeance abonde, la plus belle vigne est mise dans un état
pitoyable, et tout espoir de récolte est perdu. On se sou-
viendra longtemps des ravages que la pyrale fit de 1835

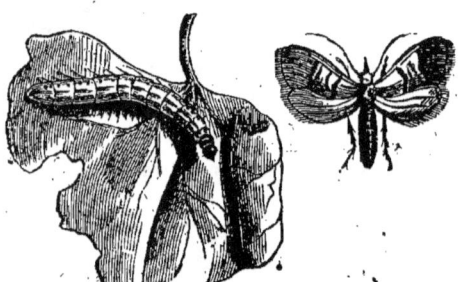

Fig. 70. — Pyrale de la vigne et sa chenille, grandeur naturelle.

à 1840 dans les vignobles de la Bourgogne. Sur des étendues immenses, quand venait le moment de la vendange,
on ne trouvait pas une grappe à mettre dans le panier. La
famélique chenille ruinait le pays.

Louis. — On n'essaya rien pour se délivrer du fléau ?

Paul. — On essaya divers moyens qui n'eurent pas
grand succès ; enfin l'un réussit, le plus simple et le moins
coûteux de tous. Remarquons en passant, mes amis, de
quel avantage est pour nous la connaissance des mœurs
d'un insecte qui nous fait du tort. Si l'on n'avait pas étu-
dié la manière de vivre de la pyrale, si l'on n'avait pas su
que sa chenille se blottit dans les fissures des ceps et des
échalas où tout l'hiver elle reste engourdie, les vignes se-

raient peut-être encore dévastées par leur terrible ennemi. Cette particularité de mœurs bien reconnue, le
remède ne se fit pas attendre.

Il consiste à échauder, en hiver, les ceps et les échalas
avec de l'eau bouillante. L'eau est chauffée sur un foyer
allumé au milieu de la vigne. Au moyen d'une cafetière,
on en répand environ un litre sur chaque cep, de manière
à bien atteindre toutes les parties où les chenilles ont pu
se réfugier. Protégé par sa rude écorce, le cep ne souffre
pas de ce lavage à l'eau bouillante ; quant aux chenilles,
pas une ne résiste. Les vignobles échaudés, de la Bourgogne furent si bien délivrés de la pyrale, qu'il n'a plus
été parlé de dégâts calamiteux.

Fig. 71. Fig. 72. Fig. 73.
Tordeuse du prunier. Tordeuse du cerisier. Tordeuse de Holm.

JULES. — Les pyrales ne pourraient-elles revenir aussi
nombreuses que la première fois ?

PAUL. — C'est douteux si, dès qu'elles apparaissent, on
a recours à la cafetière d'eau chaude.

Les autres pyrales tordeuses de feuilles ont moins d'im-
portance. La chenille de la *tordeuse du prunier* vit d'abord
aux dépens des fleurs de cet arbre ; plus tard elle se construit un rouleau de feuilles qu'elle tapisse de soie. Le
papillon a une large tache blanche à l'extrémité des ailes
supérieures.

La *tordeuse du cerisier* a des mœurs à peu près semblables. Le papillon se reconnaît aux deux larges bandes
obliques et couleur de rouille de ses ailes supérieures.

Sur les feuilles du poirier vit la *tordeuse de Holm*, qui
porte une tache triangulaire blanche au milieu du bord
des ailes supérieures.

JULES. — Je n'ai pas souvenir d'avoir vu dans les champs les papillons que vous nous montrez.

PAUL. — Ils sont trop petits pour attirer l'attention de quelqu'un qui n'est pas averti.

JULES. — Ce que j'ai vu très-souvent sur les arbres à fruits, les arbustes et toutes sortes de plantes, c'est le nid des chenilles tordeuses. Il y a des feuilles pliées en long de façon que les bords se rejoignent pour former un canal ; d'autres sont assemblées deux par deux, trois par trois et davantage. Il y en a de liées en grossier paquet, de tordues, de chiffonnées. Des fils de soie les retiennent ensemble. En ouvrant ces nids de feuilles et de soie, il m'est arrivé d'y trouver tantôt une chenille et tantôt une araignée.

PAUL. — Diverses araignées, trop peu riches en soie pour se tisser une grande toile propre à prendre les mouches, s'embusquent dans une cachette qu'elles construisent en assemblant par les bords deux ou trois feuilles voisines. Comme les chenilles tordeuses, elles emploient des fils de soie pour maintenir en place les pièces de leur habitation ; mais le but de leur travail est tout différent. Les tordeuses assemblent des feuilles pour ronger en paix l'intérieur de l'abri ; les araignées les assemblent pour s'en faire un simple domicile, un lieu d'embuscade d'où elles se jettent sur les insectes qui passent à portée.

JULES. — Les araignées qui se font un nid avec des feuilles rapprochées, ne nuisent donc pas aux arbres ?

PAUL. — Volontiers je croirais qu'elles leur sont utiles. Ce sont de vigilants gardiens toujours aux aguets des mouches, moucherons, petits papillons et autres ravageurs qui viendraient infester les arbres de leurs œufs.

XLV. — L'Hépiale du houblon.

ÉMILE. — Quel est ce joli papillon placé dans votre boîte à côté d'une pyrale ? Il a les ailes argentées, bordées de rouge.

PAUL. — C'est l'*hépiale du houblon*.

ÉMILE. — Le houblon, n'est-ce pas la plante qui sert à faire la bière?

PAUL. — La bière, mon petit ami, ne se fait pas avec le houblon ; elle se fait avec de l'orge. On mouille légèrement le grain et on le tient dans un lieu à douce température. L'orge se met à germer, de même que s'il était en terre dans un champ. Pour nourrir la petite plante qui pousse et n'a pas encore de racines, il faut des vivres tout préparés, comme il faut le lait de sa mère au petit chat qui n'a pas encore les griffes nécessaires pour saisir les souris. Il en faut au froment qui lève, à l'avoine, au seigle, à toutes les graines enfin. Ces vivres, où sont-ils, s'il vous plaît? Vous n'y avez jamais songé. Je vais vous le dire. La graine les porte avec elle. Il y a dans un grain d'orge, dans un grain de froment, une matière blanche qui, réduite en poudre au moulin, s'appelle farine.

ÉMILE. — La plante qui lève se nourrit donc de farine?

PAUL. — Non : c'est trop grossier pour elle. La plante ne se nourrit pas à notre manière ; elle s'imbibe d'eau où se trouvent dissoutes, fondues, les substances propres à son alimentation. Mais la farine ne peut se fondre dans l'eau, vous le savez bien ; par conséquent la petite plante périrait de faim à côté de sa provision de vivres, si la farine n'était pas préparée d'une façon convenable, volontiers je dirais cuisinée.

ÉMILE. — Ce doit être curieux, la cuisine d'un brin d'herbe.

PAUL. — Plus merveilleux que vous ne pourriez le penser. Pendant que le brin d'herbe lève, la farine du grain devient du sucre, du vrai sucre, très-doux, facile à se fondre dans l'eau ; de façon que la jeune plante pour se nourrir boit de l'eau sucrée, ou pour mieux dire une espèce de lait.

ÉMILE. — Tiens, c'est vrai ; maintenant j'y songe. A la Noël, mère Ambroisine avait mis du blé germer dans une assiette en le tenant mouillé sur la cheminée. Quand la feuille apparut, le grain était mou et s'écrasait sous les doigts. Il en sortait une espèce de lait très-doux.

PAUL. — L'homme utilise cet admirable changement de la farine en sucre pendant la germination pour fabriquer la bière. Il fait germer de l'orge. Quand il juge que toute la matière farineuse est devenue sucre, il fait vite mourir la plante, sinon le liquide sucré s'infiltrerait dans la jeune pousse et deviendrait de l'herbe par une nouvelle transformation. A cet effet, le grain germé est desséché dans une étuve. Puis il est réduit en poudre dans un moulin.

Fig. 74. — Houblon.   Fig. 75. — Cône de Houblon.

La poudre d'orge germée s'appelle *malt*. Le malt est délayé dans de l'eau que l'on maintient à une douce chaleur. Alors un autre changement s'accomplit. Le sucre devient de l'alcool, c'est-à-dire la substance même qui donne leur force à la bière et au vin.

JULES. — La farine du grain se change donc en sucre, en herbe, en alcool, suivant la manière dont elle est traitée.

Paul. — Elle peut se changer en bien d'autres choses. Bouillie avec de l'eau, elle devient de la colle ; devenue bière qu'on laisse s'aigrir à l'air, elle donne du vinaigre. Mais ce n'est pas le moment de s'entretenir de ces transformations. Revenons à la bière. Pour lui communiquer le goût amer et l'arome qui lui sont propres, on emploie le houblon. L'orge est la matière première, le houblon est l'assaisonnement de la boisson.

C'est une plante à tige très-longue et menue qui ne pourrait se soutenir en l'air sans l'appui d'un tuteur autour duquel elle s'enroule jusqu'à une dizaine de mètres d'élévation. Les feuilles ont les découpures de celles de la vigne ; ses fruits consistent en cônes semblables de forme à ceux du pin, mais beaucoup plus petits et composés de minces écailles enduites d'une espèce de résine amère. Ce sont ces cônes que l'on fait entrer dans la préparation de la bière. Le houblon est l'objet d'une grande culture en Alsace et en Allemagne. Ses principaux ennemis sont deux chenilles, dont l'une ronge les racines et l'autre l'intérieur de la tige.

Les hépiales se distinguent entre tous les papillons nocturnes par leurs antennes très-courtes. Leurs chenilles vivent en terre et se nourrissent de racines. La plus importante à connaître est l'*hépiale du houblon*. Le mâle a les ailes blanches, un peu argentées, bordées d'un liséré rougeâtre. La femelle a les ailes supérieures

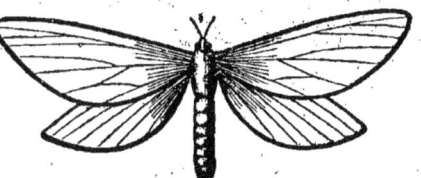

Fig. 76. — Hépiale du houblon.

d'un jaune vif avec les bords et deux bandes obliques fauves. La chenille est blanchâtre, couverte de petits tubercules jaunes que surmonte un poil noir. Elle fait de grands dégâts dans les houblonnières en rongeant les racines. Pour la détruire on conseille d'arroser les pieds de houblon avec de l'eau dans laquelle on a délayé de la fiente de porc. L'infection de cet arrosage la fait périr.

Dans l'intérieur des tiges du houblon vit la chenille de la pyrale que voici. Le papillon a les ailes supérieures

d'un jaune obscur avec une bande dentelée d'un jaune se-rin et plusieurs taches rouges. Les ailes inférieures sont blanches, bordées de jaunâtre et tachées de pourpre.

Fig. 77. — Pyrale du houblon.

ÉMILE. — A la suite de cette pyrale, il y en a deux autres dans votre boîte.

PAUL. — Ce sont les pyrales de la garance et du pastel. La garance est cultivée pour sa racine, qui fournit une matière tinctoriale rouge, la plus belle et la plus solide de toutes.

ÉMILE. — Le fichu des dimanches de mère Ambroisine est teint avec de la garance?

PAUL. — Oui. En même temps que du rouge, il y a sur

Fig. 78. — Pyrale de la garance.   Fig. 79. — Pyrale du pastel.

l'étoffe du noir, du rose, du grenat, du violet. La garance donne toutes ces couleurs. On applique diverses drogues avec des moules en bois où sont gravés les dessins que l'on veut obtenir. Après cette préparation, le tissu est plongé dans de l'eau bouillante où se trouve de la racine de garance réduite en fine poudre. Toutes les couleurs se forment à la fois, de teinte différente suivant la nature de la drogue appliquée. Ces couleurs, fort variées, ont le grand avantage de ne jamais se ternir au soleil et de ré sister au savonnage ; aussi la garance est-elle la plus pré_

cieuse des matières employées en teinture. C'est une source
de grandes richesses pour le département de Vaucluse et
l'Alsace, seules parties de la France où l'on s'occupe de sa
culture. Elle a pour ennemi la pyrale que je vous montre.

Fig. 80. — Pastel en fleurs.

Au moment du sarclage, il faut détruire sa chenille, qui
ronge le feuillage de la plante.

Le pastel est encore une plante tinctoriale. La matière
verte de ses feuilles donne une belle couleur bleue par
certaines préparations. La chenille d'une pyrale tordeuse
ronge d'abord son feuillage, puis l'intérieur de la tige.

XLVI. Les arpenteuses.

Un jour, sur les poiriers de son jardin, l'oncle Paul pratiquait une opération dont Émile et Jules vainement cherchaient à se rendre compte. Il avait dans un pot une matière noire et visqueuse, d'odeur forte, qu'il appliquait avec un gros pinceau tout autour de la base des arbres. Ah! comme Jean le Borgne aurait ri s'il avait vu, à travers la haie, maître Paul barbouiller de noir le pied de ses poiriers! Il aurait eu mille fois tort, comme le prouve ce que l'oncle raconta le soir même.

JULES. — Cette espèce de poix noire et coulante que vous mettiez ce matin autour des arbres, comment l'appelle-t-on.

PAUL. — On l'appelle goudron. Cette matière se retire de la houille ou charbon de terre. Pour fabriquer le gaz avec lequel on éclaire les villes, on met de la houille dans de grands vases en fonte, que l'on chauffe au rouge après les avoir bien fermés. La chaleur décompose la houille, qui ne peut brûler faute d'air. Les produits de cette décomposition sont le gaz propre à l'éclairage, le goudron et le coke, espèce de charbon d'aspect métallique, très-poreux et léger. Le gaz et le goudron s'écoulent par un canal, le coke reste dans le vase en fonte. Le goudron est une matière très-noire, visqueuse, douée d'une odeur forte qui déplaît aux insectes.

JULES. — Alors vous en mettiez une couche autour de la tige des arbres pour éloigner les insectes?

PAUL. — Il m'est venu du voisinage à travers la haie certains papillons dont je crains les chenilles. La ceinture du goudron appliquée à la base des tiges doit les empêcher de monter aux branches pour y pondre leurs œufs. Je préserve ainsi les arbres fruitiers des chenilles qui plus tard en détruiraient le feuillage.

JULES. — Mais les papillons volent très-bien ; votre goudron ne les arrêtera pas. S'ils ne peuvent monter aux branches par le tronc, ils s'y rendront en volant.

PAUL. — Pour un papillon apte à voler, d'accord. S'il ne vole pas au contraire, s'il ne peut que marcher, n'est-il pas vrai que la couche de goudron cerclant le bas de la tige doit être un obstacle infranchissable pour lui ? D'abord l'odeur du goudron lui répugne, et puis s'il s'aventure sur la bande visqueuse infailliblement il s'empêtre et périt englué.

LOUIS. — C'est visible. Reste à savoir s'il y a des papillons qui ne volent pas.

PAUL. — Il y en a.

ÉMILE. — Et ces fainéants-là n'osent déployer leurs ailes ? c'est trop pénible peut-être.

Fig. 81. — Phalène effeuillante mâle.   Fig. 82. — Phalène effeuillante femelle.

PAUL. — Comment les déploieraient-ils pour voler ; ils n'en ont pas, les malheureux.

ÉMILE. — Celle-là compte. Des papillons sans ailes !

PAUL. — Oui, mon ami, des papillons sans ailes. On va vous les montrer. Celui-ci s'appelle la *phalène effeuillante*.

ÉMILE. — Mais il en a, des ailes ; et de magnifiques, toutes piquées de points bruns sur un fond jaunâtre.

PAUL. — J'ajouterai que les supérieures ont des bandes obscures. Que dites-vous maintenant de cet autre ?

ÉMILE. — Cette laide bête n'est pas un papillon.

PAUL. — Les apparences sont pour vous, mon cher enfant, mais non la réalité. Cette disgracieuse créature, qui traîne péniblement son ventre volumineux, pelé, jaunâtre et marqué de gros points noirs, est la femelle du papillon qui précède.

ÉMILE. — Jamais je ne m'en serais douté.

PAUL. — Ni vous ni bien d'autres. Désormais vous saurez que, parmi les papillons, il y a pas mal d'espèces dont les femelles sont dépourvues d'ailes ou n'en possèdent que des moignons impropres au vol, tandis que les mâles en ont toujours de bien développées. Or ce n'est pas le mâle qui est à craindre, c'est la femelle avec ses œufs. Le rôle de la couche de goudron passée au pied des arbres est de l'arrêter quand elle cherche à grimper pour atteindre les branches où la ponte doit se faire. Rebutée par l'odeur, elle rebrousse chemin ; ou bien elle persiste à vouloir passer outre, et alors elle périt dans la glue.

JULES. — Si la femelle pondait ses œufs autre part que sur les rameaux, à terre par exemple, est ce que les chenilles ne sauraient pas monter sur l'arbre toutes seules ?

PAUL. — La barrière de goudron serait toujours là pour les arrêter. D'ailleurs les chenilles écloses à terre difficilement s'aviseraient de grimper sur l'arbre où l'éclosion aurait eu lieu dans l'ordre habituel des choses. Tant qu'ils se trouvent dans les conditions habituelles de leur genre de vie, les insectes font preuve d'un instinct étonnant ; en dehors de ces conditions, ils ne savent plus rien faire.

Fig. 83. — Chenille de la Phalène effeuillante.

La chenille de la phalène effeuillante est grise et rayée d'une bande longitudinale jaune de chaque côté. Elle a une étrange manière de marcher, qui lui est commune avec les chenilles des autres espèces de phalènes. — Ces chenilles sont longues, cylindriques et n'ont généralement que deux paires de fausses pattes très-éloignées des pattes vraies de l'avant. Pour progresser, elles commencent par prendre appui sur les

pattes antérieures, puis elles rapprochent les pattes postérieures en formant une boucle de leur corps. Alors les
pattes antérieures, se détachant, vont saisir le rameau
plus loin par une enjambée de la longueur de l'animal,
et le corps se courbe une seconde fois en boucle par le
déplacement des pattes de l'arrière. Ces enjambées singulières donnent à la chenille l'air d'un compas qui marche,
en ouvrant ses deux branches et les fermant tour à tour.
On dirait que l'animal arpente, mesure le chemin qu'il
parcourt. C'est ce motif qui a fait donner aux chenilles
des phalènes le nom de *géomètres* ou d'*arpenteuses*.

A ce trait de mœurs ajoutez le suivant. Fixées au rameau par les seules pattes de derrière, elles restent, des
heures durant, le corps raide, immobile, dans les plus
étranges postures. On en voit de droites, de renversées
en arrière, de courbées en arc. Pas une ne bouge, pas
une ne se lasse dans ces positions incommodes, qui
exigent une incroyable dépense de force de reins. Figurez-vous un de ces bateleurs à robustes poignets qui, les
jours de foire, dans les barraques de saltimbanques, saisissent des deux mains une perche verticale et sans autre
appui se soutiennent en l'air, le corps horizontal. Ainsi
font les arpenteuses, seulement l'homme est brisé de fa-
tigue dans quelques instants, tandis que la chenille persiste dans son équilibre toute la journée s'il le faut.

ÉMILE. — Pourquoi s'amusent-elles à ces longs tours de
force?

PAUL. — Ce n'est pas un jeu pour elles, c'est un moyen
d'échapper aux regards de leurs ennemis. Par leur complète immobilité, leur raide position, leur couleur grisâtre, elles se confondent avec les menus rameaux secs,
dont elles ont tout à fait l'aspect. A moins d'y regarder
de bien près, chacun s'y laisse prendre, même les oiseaux, dont l'œil est si perçant.

ÉMILE. — Ah! les rusées! Faire l'arbre droit et se tenir
immobiles pour ressembler à de petits rameaux secs et
tromper ainsi les regards des oiseaux qui viendraient
vous croquer, est une idée qui me plaît beaucoup.

PAUL. — Le nom d'effeuillante donné à la phalène vous indique sa manière de vivre avant d'être papillon. Sa chenille ronge les feuilles de tous les arbres fruitiers indifféremment et même d'autres arbres, tels que les chênes, les bouleaux, les tilleuls. Quand on a négligé d'entourer la base des arbres d'une couche de goudron pour arrêter la phalène à l'époque de la ponte, il ne reste qu'un moyen de défense, bien moins efficace que le premier : c'est de secouer les arbres infestés pour faire tomber les chenilles et les écraser.

LOUIS. — Je préfère l'anneau de goudron.

PAUL. — Oui, mais il faut l'appliquer à temps, en automne, époque d'apparition du papillon.

La *phalène hyémale* a les ailes supérieures d'un gris

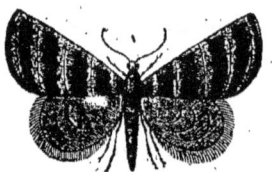 

Fig. 84. — Phalène hyémale mâle.   Fig. 85. — Phalène hyémale femelle.

vineux, pointillées de brun et rayées en travers de bandes obscures. La femelle est un peu mieux favorisée que celle de la phalène effeuillante : elle a un commencement d'ailes, des moignons trop courts pour lui permettre de voler. On la rencontre courant à terre vers la fin de l'automne, à l'approche des froids. Son apparition tardive lui a valu le nom d'hyémale, qui veut dire de la saison d'hiver. Comme la phalène effeuillante, elle grimpe sur les arbres pour y déposer ses œufs. On l'empêche de faire sa ponte toujours avec la barricade de goudron. Ses œufs éclosent au printemps. Les chenilles ont toute leur grosseur au mois de mai. Elles sont en général noirâtres avec des lignes longitudinales blanches, jaunes ou vertes. Au sortir de l'œuf, ces chenilles pénètrent dans les bourgeons des poiriers, des pommiers, des abricotiers et autres arbres à fruits. Plus tard, elles s'établissent une à une entre deux feuilles qu'elles réunissent par les bords avec des fils de soie.

XLVII. — Les Pucerons.

« Ah! les affreuses bêtes, les vilains pous! Je n'en verrai jamais la fin. Plus j'en écrase, plus il y en a. » — Qui disait cela ? Jules, levé dès la pointe du jour pour soigner les deux ou trois rosiers de son petit jardin. Les roses allaient bientôt s'épanouir ; les boutons gonflés montraient déjà par les fentes du calice la couleur rouge des pétales. Les fleurs promettaient d'être belles, mais elles étaient souillées par un pou dégoûtant, vert et ventru, qui recouvrait la queue des boutons et les pousses tendres d'une espèce d'écorce animale. Pour la troisième ou quatrième fois depuis quinze jours, Jules râtissait la couche de pous verts. L'extermination de la veille se connaissait à peine le lendemain ; c'était toujours à recommencer. L'oncle fut prié d'en expliquer la cause.

PAUL. — Les pous verts du rosier se nomment puce-rons. Une foule d'autres plantes en nourrissent, mais d'es-pèces différentes. Ceux du rosier et du chou sont verts ; ceux du sureau, de la fève, du pavot, de l'ortie, du saule, du peuplier, sont noirs ; ceux du chêne et du chardon sont couleur du bronze ; ceux du laurier-rose et du noyer sont jaunes. Tous sont remarquables par la rapidité de leur multiplication. Il suffirait de quelques mots empruntés à cette partie de l'arithmétique qu'on appelle théorie des progressions pour comprendre comment un seul puceron peut être en peu de temps la souche d'une prodigieuse famille, mais vous n'êtes pas encore, ni l'un ni l'autre, assez avancés dans le calcul.

JULES. — J'en suis pourtant à la division.

PAUL. — N'importe, votre esprit n'est pas suffisamment habitué à la valeur des nombres. Je préfère prendre un détour. Écoutez donc cette histoire.

Il y avait autrefois un roi des Indes qui s'ennuyait beau-

coup. Pour le distraire, un derviche inventa le jeu d'échecs.
Ce jeu vous est inconnu. Eh bien, sur un casier, dans le
genre de celui du jeu de dames, deux adversaires rangent
en corps de bataille, l'un blanc, l'autre noir, des pièces de
diverses valeurs, pions, fous, cavaliers, tours, reine et roi.
L'action s'engage. Les pions, simples fantassins, destinés
à cueillir, comme toujours, la première part de gloire et
de horions, escarmouchent d'abord entre eux. Le roi les
regarde s'exterminer, retenu par sa grandeur loin de la
mêlée. Maintenant la cavalerie donne, sabrant à tort et à
travers ; les fous même guerroient avec un enthousiasme
en rapport avec l'état de leur cervelle, et les tours ambu-
lantes s'en vont de ci, de là, protéger les flancs de l'armée.
La victoire se décide. Du côté du camp noir, la reine est
prisonnière ; le roi a perdu ses tours ; un cavalier, un fou,
font des prodiges de valeur pour lui ménager une fuite.
Ils succombent. Le roi est cerné, la partie est perdue.

Ce jeu savant, image de la guerre, plut beaucoup au
royal ennuyé, qui demanda au derviche quelle récompense
il désirait pour son invention.

— Lumière des croyants, répondit l'inventeur, un pauvre
derviche se contente de peu. Vous me donnerez un grain
de blé pour la première case de l'échiquier, deux pour la
seconde, quatre pour la troisième, huit pour la quatrième,
et vous doublerez ainsi toujours le nombre de grains, jusqu'à la dernière case, qui est la soixante-quatrième. Avec
cela je serai satisfait. Mes pigeons bleus auront du grain
pour quelques jours.

— Cet homme est fou, se dit le roi ; il aurait droit à de
grandes richesses, et il me demande quelques poignées de blé. Puis, se tournant vers son ministre : —
Comptez dix bourses de mille sequins à cet homme et
faites-lui donner un sac de blé. Il aura au centuple le grain
qu'il me demande.

— Commandeur des croyants, reprit le derviche, gardez
les bourses de sequins, inutiles à mes pigeons bleus, et
donnez-moi le blé comme je le désire.

— C'est bien. Au lieu d'un sac, tu en auras cent.

— Ce n'est pas assez, Soleil de justice.

— Tu en auras mille.

— Ce n'est pas assez, Terreur des infidèles. Les cases de mon échiquier n'auraient pas toutes leur compte.

Cependant, les courtisans chuchotaient, étonnés des singulières prétentions du derviche, qui, dans le contenu de mille sacs, ne trouvait pas son grain de blé doublé soixante-quatre fois. Impatienté, le roi convoqua les savants pour faire, séance tenante, le calcul des grains de blé demandés. Le derviche sourit malicieusement dans la barbe, et se retira avec modestie à l'écart en attendant la fin du calcul.

Et voilà que sous la plume des calculateurs, le chiffre s'enflait, s'enflait toujours. L'opération terminée, le chef des savants se leva.

— Sublime Commandeur, dit-il, l'arithmétique a prononcé. Pour satisfaire à la demande du derviche, vous n'avez pas assez de blé dans vos greniers. Il n'y en a pas assez dans la ville, pas assez dans tout le royaume, pas assez dans le monde entier. Avec la quantité de grain demandée, toute la terre, mers et continents, serait couverte d'une couche continue d'un travers de doigt d'épaisseur.

Le roi se mordit la moustache de dépit et dans l'impuissance de lui compter son grain de blé, il nomma premier vizir l'inventeur des échecs. C'est ce que désirait le derviche malin.

JULES. — Comme le roi, je me serais laissé prendre au piège du derviche; j'aurais cru qu'en doublant un grain soixante-quatre fois, on eût au plus quelques poignées de blé.

PAUL. — Désormais vous saurez qu'un nombre, même fort petit, lorsqu'il éprouve une série de multiplications par le même chiffre, est semblable à la pelote de neige, qui grossit à vue d'œil en roulant, et devient bientôt la boule énorme que tous nos efforts ne peuvent plus remuer.

XLVIII. — Les Pucerons.

(Suite).

ÉMILE. — Et les pucerons ?

PAUL. — L'histoire du derviche nous y mène tout droit. Pour s'accroître en nombre, les pucerons ont des moyens rapides qu'on ne retrouve plus chez les autres insectes. Au lieu de pondre des œufs, trop lents à se développer, ils pondent des pucerons vivants, qui tous, absolument tous, dans une quinzaine de jours ont pris leur croissance et se mettent à pondre une nouvelle génération. Cela se répétant toute la belle saison, c'est-à-dire pendant la moitié de l'année, le nombre de générations issues l'une de l'autre pendant cet intervalle de temps est au moins d'une dizaine. Admettons qu'un puceron en produise cinquante, quantité moyenne reconnue par l'observation. Chacun des cinquante pucerons issus du premier en produit cinquante autres, ce qui fait en tout deux mille cinq cents. Chacun de ces deux mille cinq cents en produit cinquante, en tout cent vingt-cinq mille. Chacun de ceux-ci en produit encore cinquante, ce qui donne dix millions deux cents cinquante mille pour la quatrième génération. Et ainsi de suite en multipliant toujours par cinquante pendant neuf fois.

C'est encore ici le calcul du grain de blé du derviche, qui s'accroît avec une étourdissante rapidité à mesure que l'on multiplie par deux. Pour la famille du puceron, l'accroissement est bien plus rapide encore, car la multiplication se fait par cinquante. Il est vrai que le calcul s'arrête au dixième terme, au lieu d'aller jusqu'au soixante-quatrième. N'importe : le résultat vous saisit de stupeur : il est égal en nombre rond à quatre-vingt dix-sept mille milliards. Devinez ce que couvriraient tous ces pucerons serrés l'un contre l'autre comme ils le sont sur les rameaux du rosier, c'est-à-dire occupant chacun environ un millimètre carré de surface ?

ÉMILE. — Peut-être l'étendue de notre jardin.

PAUL. — Notre jardin n'est rien, ni dix jardins pareils, ni cent, ni mille pour la descendance d'un seul puceron à la dixième génération. Il faudrait le cinquième de l'étendue de la France, dont la superficie totale est de cinquante millions d'hectares.

LOUIS. — Voilà ce qui s'appelle une famille prospère.

JULES. — En six mois, un puceron couvrirait de sa descendance cette énorme étendue?

PAUL. — Oui, mon ami, si rien n'y mettait obstacle, si chaque puceron venait à bien et procréait en paix ses cinquante successeurs. Mais sur le rosier, le plus paisible en apparence, c'est une extermination de tous les instants. Qu'un oisillon, à peine sorti du nid, vienne à découvrir un point hanté par les pucerons, et, rien que pour s'ouvrir l'appétit, il en engloutira des centaines. Et si, bien autrement rapace, un ver expressément créé et mis au monde pour vous manger vivants, se met de la partie, ah! mes pauvres pucerons, que Dieu, le bon Dieu des petites bêtes vous protége, car votre race est bien en péril!

Ce mangeur est d'un vert tendre avec une raie blanche sur le dos. Il est effilé en avant, renflé en arrière. Quand il se ramasse sur lui-même, il prend la forme d'une larme. Il s'établit au milieu du stupide troupeau de pucerons. De sa bouche pointue, il en saisit un, le plus gros, le plus dodu : il le suce et rejette la peau, trop dure pour lui. Sa tête pointue s'abaisse encore, un second puceron est saisi, soulevé de la feuille et sucé. Vient le tour d'un autre, puis d'un autre, d'un dixième, d'un vingtième. L'imbécile troupeau dont les rangs s'éclaircissent, n'a pas même l'air de s'apercevoir de ce qui se passe. Le puceron happé gigotte entre les crocs du ver ; les autres, comme si de rien n'était, continuent paisiblement à sucer la sève de la feuille. Ils mangent en attendant d'être mangés. Le ver est repu. Il s'accroupit sur le troupeau pour digérer à l'aise. Mais la digestion est bientôt faite et déjà le ver goulu couve de l'œil ceux qu'il croquera tantôt. Après une quinzaine de jours d'un festin continu, après avoir brouté pour ainsi dire des troupeaux entiers de pucerons, le ver se change en une élégante mouche bariolée de jaune et de noir appelée *syrphe*.

Est-ce tout? oh ! que non. — Voici maintenant la coccinelle, la bête à bon Dieu. Elle est ronde, rouge, avec sept points noirs. Elle est bien gentille, la petite coccinelle; elle a l'air bien innocent. Qui dirait que c'est encore un dévorant, faisant ventre des pucerons ! Surveillez-la de près sur les rosiers et vous assisterez à ses féroces bombances. Sa larve couleur d'ardoise, hérissée de poils épineux et parée de taches jaunes, a les mêmes appétits.

Fig. 86. — Coccinelle.

Est-ce tout? oh ! que non. — J'oubliais l'hémerobe, élégante petite demoiselle dont les ailes semblent faites d'une fine gaze verte et dont les yeux reluisent comme de l'or. Sur une feuille, elle dresse une gerbe de fils blancs dont chacun porte un œuf à l'extrémité. On dirait un faisceau de très-fines épingles implantées sur la feuille comme sur une pelotte. Quand vous la rencontrez, respectez cette gracieuse aigrette, car il doit en éclore des larves qui font aux pucerons une guerre acharnée. Ces larves ont le corps aplati, velu, ridé et terminé en avant par deux crochets creux qui servent à saisir et à sucer les pucerons. On en trouve qui se couvrent le dos d'un vêtement grossier composé des dépouilles des victimes sucées. On les appelle *lions des pucerons* avec juste raison, car une seule larve d'hémerobe peut en deux ou trois jours nettoyer de ses pous un rameau de rosier.

Louis. — Ces larves mangent-elles les pucerons des autres plantes?

Paul. — Elles les mangent tous indifféremment.

Jules. — Et les fourmis? On en voit partout où se trouvent des pucerons.

Paul. — Les fourmis ne font aucun mal au puceron; au contraire, elles les caressent pour en obtenir une espèce de liqueur sucrée dont elles sont très-friandes. Les pucerons sont en quelque sorte les vaches des fourmis. Ils ont sur le dos, à la partie postérieure, deux poils courts et creux, deux tubes d'où l'on voit avec un peu d'attention s'échapper de temps en temps, une toute petite gouttelette limpide. Au milieu du troupeau, sur le troupeau même quand le bétail est trop serré, les fourmis affairées vont et viennent, guettant la délicieuse gouttelette. Celle qui l'aperçoit accourt, la boit, la savoure et semble dire en relevant sa petite tête ; oh ! que c'est bon, oh ! que c'est bon ! puis elle continue sa tournée pour découvrir une nouvelle gorgée du délicieux liquide. Mais les pucerons sont avares de leur liqueur sucrée, ils ne sont pas toujours disposés à la laisser couler de leurs tubes. Alors la fourmi, comme une laitière qui se dispose à traire sa vache, prodigue au puceron ses plus engageantes caresses. Avec ses antennes, si délicates et si flexibles, elle lui tape amicalement sur le ventre, elle chatouille les tubes à lait. Presque toujours la fourmi réussit. Le puceron se laisse convaincre ; une goutte se montre, aussitôt lapée. Oh ! que c'est bon ! oh ! que c'est bon ! et tant que la petite panse n'est pas pleine, la fourmi va sur d'autres pucerons essayer ses caresses.

JULES. — Il y a des pucerons avec des ailes et d'autres sans ailes.

PAUL. — Les pucerons sans ailes pondent tous des jeunes vivants. Vers la fin de la belle saison, la dernière génération acquiert des ailes et pond des œufs, qui passent l'hiver tandis que tous les pucerons périssent. Au printemps, ces œufs éclosent et le même ordre de choses recommence.

Pour nous venir en aide contre l'envahissement si rapide des pucerons, nous avons les oiseaux, les coccinelles, les syrphes, les hémerobes et bien d'autres mangeurs encore ; mais c'est loin de suffire : il faut nous-mêmes nous préoccuper des moyens de les détruire. On les écrase, comme le fait Jules, si les plantes infestées sont basses et peu nombreuses. Mais s'il faut opérer plus en grand, on a recours tantôt à l'aspersion avec des liquides corrosifs, amers, odorants, tantôt à la fumigation, tantôt à l'insufflation de poudres insecticides. Les principaux liquides employés en aspersion sont l'eau de savon, l'eau de chaux, l'eau salée, les décoctions d'absinthe, de tabac, de feuilles de noyer, de suie, d'aloès. On les lance sur le feuillage avec une petite pompe foulante terminée par une fine pomme d'arrosoir. Les fumigations se font en brûlant sous l'arbre préalablement couvert d'une toile, du tabac placé sur un réchaud que l'on active avec un soufflet. Les poudres insecticides les plus efficaces sont les poussières des manufactures de tabac, les poudres d'absinthe, de pyrèthre, d'armoise. On les répand sur les plantes au moyen d'un crible ou mieux avec le soufflet employé pour soufrer la vigne.

Un puceron appelé *puceron lanigère*, c'est-à-dire porte-laine, à cause de l'espèce de toison blanche dont il est couvert, ravage les pommiers. Il vit sur l'écorce. Pour le détruire, on flambe les branches infestées avec des torches de paille enflammées. Cette opération, appelée *coulinage*, se fait en mars, avant l'apparition des feuilles.

XLIX. — Les Psylles.

JULES. — Les pucerons, que mangent-ils? Je ne les ai jamais vus ronger les feuilles.

PAUL. — Ils ne les rongent pas, ils en boivent la sève au moyen d'un suçoir pointu, court et très-fin, qu'ils portent appliqué contre la poitrine quand ils ne s'en servent pas. L'insecte implante son suçoir dans la feuille, et des journées entières, sans changer de place, s'abreuve des humeurs du point piqué. Lorsque ce point est épuisé, il passe à un autre mais sans se déplacer beaucoup. Le puceron est ami de l'immobilité. Faire le tour d'un rameau gros comme le petit doigt, est un long voyage dont bien peu s'aventurent à courir les périls; quelques pas en avant pour faire place en arrière à leurs cinquante fils à mesure qu'ils sont pondus, c'est tout ce qu'ils osent entreprendre. Les pucerons de la dernière génération, vous ai-je dit, ont des ailes et pondent des œufs qui renouvellent au printemps la race anéantie par les froids de l'hiver. Ceux-là ne sont

pas casaniers comme les autres, volontiers ils quittent
la feuille natale pour voir du pays. Il est de leur devoir
de voyager de côté et d'autre pour disséminer leurs œufs
de façon qu'au printemps suivant toutes les plantes aient
leurs pucerons. Pour remplir ce devoir, ils sont expressément pourvus d'ailes. On a vu des nuées de ces pucerons
voyageurs assez épaisses pour obscurcir la lumière du
jour.

Beaucoup d'autres insectes ont, comme
les pucerons, un suçoir droit et pointu qui
s'implante dans l'objet dont l'animal boit
les sucs, et s'applique contre la poitrine
quand il ne fonctionne pas. La cigale nous
en fournit un très-bel exemple, ainsi que
les grandes punaises que l'on trouve sur
les arbres et sur une foule de plantes. Ces
punaises se nomment *pentatomes*. Le chou

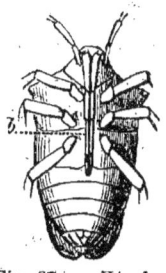

Fig. 87. — Hémip-
tère. *b*, son suçoir.

en nourrit deux :

Le *pentatome élégant* qui est rouge avec de nombreuses
taches noires, et le *pentatome des choux*, qui est d'un vert
bleuâtre avec quelques points blancs ou rouges.

Les pentatomes ont quatre ailes: Les
deux supérieures recouvrent les autres à
l'état de repos. Elles sont dures à la manière des élytres des coléoptères dans
leur moitié antérieure, membraneuses et
fines dans leur moitié postérieure. Cette
structure en fait à moitié des élytres, à
moitié des ailes propres au vol. Pour rap-

Fig. 88. — Penta-
tone élégant.

peler ce trait d'organisation, on donne aux
punaises, aux pentatomes et aux insectes qui leur ressemblent le nom général d'*Hémiptères,* signifiant *demi-
ailes*.

Les cigales sont encore des hémiptères, ainsi que les
pucerons ; cependant leurs ailes supérieures (je parle des
pucerons ailés, bien entendu), au lieu d'être à demi dures,
à demi fines comme le sont celles des pentatomes, ont la
même finesse et la même transparence dans toute leur

étendue. Mais ces insectes ont le caractère le plus saillant
des pentatomes, celui qui détermine la manière de vivre
de l'animal, savoir le bec propre à sucer. Nous appellerons donc hémiptères tous les insectes armés d'un suçoir
pointu, appliqué tout de son long contre la poitrine pendant le repos, sans nous préoccuper des ailes à demi ou
en totalité membraneuses.

Jules. — Les hémiptères forment un ordre?

Paul. — Ils forment un ordre, marchant de pair avec
celui des coléoptères, celui des lépidoptères, celui des
hyménoptères, celui des diptères, etc.

Les hémiptères ne subissent pas des métamorphoses
aussi nettes que les autres insectes ; ils naissent à peu

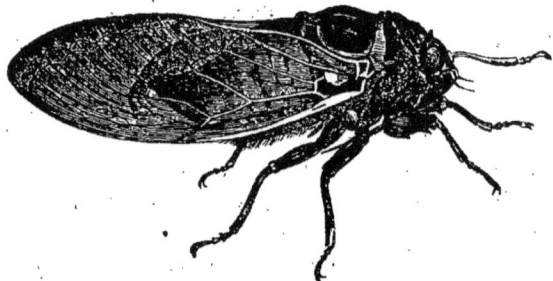

Fig. 89. — Cigale commune.

près avec la forme qu'ils doivent toujours posséder. Le
plus grand changement consiste dans l'apparition des
ailes, que l'insecte n'a pas au début mais qu'il acquiert
plus tard quand il a suffisamment grandi. Quelquefois
plusieurs générations se succèdent avant que l'espèce
arrive à l'état ailé, qui est l'état parfait. Les pucerons sont
dans ce cas. Les premières générations de l'année sont
dépourvues d'ailes, la dernière seule est ailée.

Un hémiptère dont les mœurs rappellent un peu celles
des pucerons, cause des dommages aux poiriers. C'est le
psylle, petit insecte de couleur rougeâtre, portant des
ailes diaphanes rapprochées en toit pendant le repos. Il
apparaît sur les poiriers, plus rarement sur les pommiers,

vers la fin d'avril. Les œufs sont déposés un à un dans de légères entailles que la femelle pratique sur la queue des feuilles avec une petite tarière dont le bout du ventre est armé. Les larves qui en proviennent grandissent rapidement. Elles ne diffèrent de l'insecte parfait que par le manque d'ailes. Par un changement de peau, ces larves deviennent des nymphes courtes et larges, portant déjà

Fig. 90. — Psylle du poirier. *a*, la larve; *b*, la nymphe; *c*, l'insecte parfait.

sur les côtés des moignons qui plus tard, à la suite d'une dernière mue, seront les ailes de l'insecte parfait. Psylles, nymphes et larves implantent leur suçoir dans l'écorce tendre ou dans les feuilles, et sucent la sève de l'arbre. Le meilleur moyen de les détruire est de promener une brosse dure sur les parties de l'écorce où ils se tiennent en troupes.

L. — La Courtilière.

Depuis quelques jours, l'oncle Paul avait disposé dans le carré des laitues deux grands pots à demi pleins d'eau et enterrés à fleur du sol. C'était, disait-il, un piége pour les courtilières, insectes de grande taille dont il soupçonnait la présence dans le jardin sur l'indice de quelques salades flétries. Un matin, en visitant les pots, Émile y trouva trois courtilières noyées. A la veillée, l'oncle raconta leur histoire.

PAUL. — L'insecte qu'Émile a trouvé pris au piége s'ap-

pelle courtilière, d'un vieux mot français, *courtil*, hors
d'usage maintenant, signifiant jardin. La courtilière est,
en effet, un ravageur assidu des jardins. On l'appelle
encore *taupe-grillon*, mot qui fait allusion à certaines res
semblances de l'insecte d'une part avec la taupe, d'autre
part avec le grillon. Il a du grillon les fines et longues
antennes, les deux filaments flexibles placés au bout du
ventre, les ailes rudes pouvant frotter l'une contre l'autre
pour produire une espèce de chant.

ÉMILE. — C'est donc avec les ailes que chantent les
grillon ?

PAUL. — Oui, mon ami. Le grillon, pour chanter, relève à demi ses ailes, qui sont sèches et rugueuses, et les

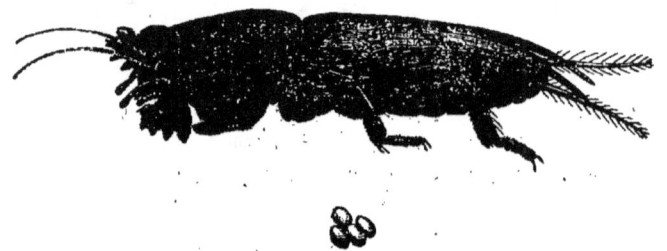

Fig. 91. — La courtilière et ses œufs.

frotte vivement bord contre bord. Les autres insectes qui
chantent font à peu près comme le grillon. La sauterelle
des vignes, à gros ventre vert et jaune, a sur le dos deux
écailles rondes qui s'emboîtent et frottent l'une dans
l'autre. C'est son instrument de musique. D'autres sauterelles jouent du violon, c'est-à-dire qu'elles frictionnent le
bord rude de leurs ailes avec leurs grosses cuisses en guise
d'archet. La cigale a sous le ventre, au fond d'une double
cavité que protégent des couvercles pouvant plus ou moins
se soulever, deux pellicules sèches et luisantes, tendues à
la manière de la peau d'un tambour. On les appelle *mi-
roirs*. La cigale chante en les faisant trémousser dans
leurs boîtes.

ÉMILE. — La courtilière fait-elle *cri-cri* comme le grillon ?

PAUL. — Non. Son chant est un bruit monotone, une sorte de bourdonnement aigu, assez doux et continuel.

ÉMILE. — Et pourquoi chante-t-elle, la courtilière? Quelle laide bête avec ses petits yeux rusés, ses ailes écourtées, son gros ventre et ses affreuses pattes de devant!

PAUL. — Elle chante pour charmer sa solitude, pour appeler sa compagne. Vous la trouvez laide; moi, je la trouve admirablement outillée pour le métier qu'elle doit faire. Elle vit dans la terre, à la manière des taupes; et comme les taupes, elle est armée d'un instrument spécial pour fouiller le sol et trancher les racines qui lui barrent le passage. Avez-vous jamais regardé les pattes de devant de la taupe? Ce sont de larges pelles dentelées d'ongles robustes. Les pattes de devant de la courtilière ont une

Fig. 92. — La taupe.

conformation semblable. Elles sont larges, courtes et armées de dents de scie sur la tranche. Avec ces deux puissants outils, l'insecte laboure le sol de galeries souterraines.

JULES. — Voilà pour quel motif on l'appelle *taupe-grillon* : elle a de la taupe les pattes larges propres à fouir.

ÉMILE. — Je voudrais bien savoir ce qu'elles font sous terre, la taupe et la courtilière.

PAUL. — Elles y recherchent des vers et des insectes de toute sorte pour s'en nourrir. Dans leurs chasses souterraines, l'une et l'autre tranchent avec leurs pattes de devant les racines qui les gênent; mais la taupe exclusivement carnivore, ne les mange jamais, tandis que la courtilière, vivant à la fois de vers et de matières végétales, les ronge quand elles lui conviennent. Elle ne dé-

daigne pas non plus une feuille tendre de laitue quand
elle sort de nuit de dessous terre pour prendre un peu
l'air et faire connaissance avec ses voisines. La courtilière fait donc de grands dégâts dans les jardins, soit en
déchaussant les jeunes plantes lorsqu'elle creuse ses galeries, soit en tronquant les racines avec la scie de ses
pattes, soit en les rongeant pour s'en nourrir.

La femelle construit, à un pan de profondeur, un nid qui
se compose d'une boule de terre creuse de la grosseur du
poing. Dans la cavité, soigneusement lissée, elle pond ses
œufs au nombre de trois à quatre cents ; puis elle se tient
dans le voisinage, comme pour veiller sur son nid. Nouvellement éclos, les jeunes sont tout blancs et ressemblent à de grosses fourmis. Il faut détruire ces nids toutes
les fois qu'on les rencontre en bêchant.

L'habitation de la courtilière se compose de conduits
qui descendent plus ou moins profondément dans le sol
et de galeries de chasse à fleur de terre. Pour déloger
l'insecte de sa retraite, on introduit d'abord un peu d'huile
dans le canal où l'on soupçonne qu'il est réfugié, puis de
l'eau à plein arrosoir jusqu'à ce que toutes les galeries soient
inondées. Suffoquée par l'huile qui lui bouche les voies
respiratoires, la courtilière ne tarde pas à venir à la surface. On peut encore employer le piége dont je me suis
servi. Un vase large et profond est enfoncé dans la terre
jusqu'au niveau du sol; puis on le remplit à moitié d'eau.
Attirées par la fraîcheur, les courtilières, s'y noient pendant leurs promenades nocturnes. Quelquefois enfin, aux
approches des froids, on dispose de place en place des
trous que l'on remplit de fumier de cheval. La chaleur
du fumier plaît aux courtilières, qui viennent se blottir
dans le tas pour y passer l'hiver. Quand les froids sont
venus, on visite ces abris et l'on détruit les insectes engourdis.

La courtilière, le grillon, les criquets, les sauterelles
appartiennent à un ordre d'insectes que l'on nomme orthoptères. Ce mot signifie *ailes droites*. On veut entendre
par là que les ailes inférieures, celles qui servent au vol,

sont pliées en long suivant des lignes droites pendant le
repos, à la manière d'un éventail fermé. Regardez les
ailes rouges ou bleues des criquets, si fréquents en automne dans les gazons secs, vous les verrez élégamment
plissées dans le sens de la longueur. Quant aux ailes supérieures, elles sont un peu coriaces et généralement rapprochées en toit. Beaucoup d'orthoptères, mais non tous,
ont les cuisses postérieures renflées en massue et terminées par de longues pattes épineuses, qui leur servent à

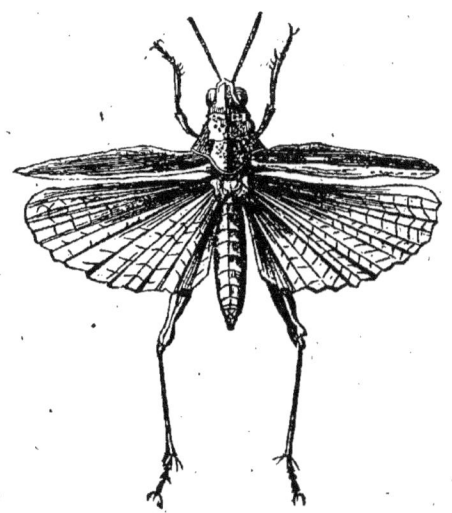

Fig. 93. — Criquet avec les ailes déployées.

sauter. Enfin, divers de ces insectes ont au bout du ventre
une tarière, vulgairement sabre, dont le rôle est d'introduire les œufs dans la terre.

Un orthoptère fait en Afrique d'épouvantables ravages.
On l'appelle *criquet voyageur* parce qu'il se rassemble en
immenses essaims pour changer de contrée quand la nourriture vient à manquer. La bande émigrante s'envole
comme à un signal donné, et traverse les airs sous forme
d'un grand nuage qui intercepte la clarté du jour. Puis

l'essaim destructeur s'abat, ainsi qu'un orage vivant, sur les cultures de quelque province. En peu d'heures, gazon, feuilles des arbres, blés, prairies, tout est brouté ; le sol, comme ravagé par le feu, ne conserve plus un brin d'herbe.

Jules. — Puisqu'ils voyagent, ces criquets affamés ne pourraient-ils venir chez nous ?

Paul. — Poussées par un vent favorable, des nuées de sauterelles traversent parfois la mer Méditerranée et viennent s'abattre sur les départements méridionaux. A diverses reprises, le territoire d'Arles a subi leur terrible visite. Il faut vous dire que si le pays leur convient, les sauterelles y pondent leurs œufs, d'où naît une légion de

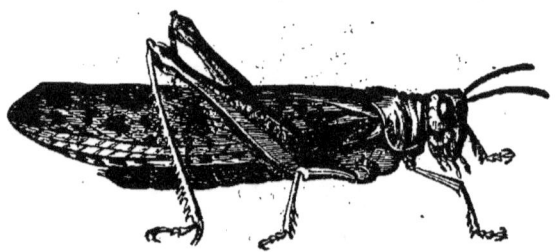

Fig. 93. — Criquet voyageur.

dévorants plus nombreuse que la première. Pour amoindrir les ravages de cette seconde génération, on fait la chasse aux œufs, que le criquet dépose en un tas au fond d'un trou cylindrique, creusé, dans la terre à quelques centimètres de profondeur. En 1832, aux environs d'Arles, on recueillit près de 4000 kilogrammes d'œufs, sans compter les sacs d'insectes. Il faut 80000 œufs pour un kilogramme. C'est donc 320 millions de criquets que l'on détruisit en leurs germes. Figurez-vous les ravages d'une pareille nuée s'abattant sur la verdure d'un canton. Devant pareil fléau, l'homme baisse la tête et reconnaît son impuissance : l'insecte l'accable de son nombre.

Que de ravageurs, mes enfants, autres que les sauterelles, bravent par leur multitude nos moyens de défense !

Maintenant vous pouvez le comprendre, en vous rappelant ces larves, ces chenilles, ces vers, ces insectes de toute forme, de toute taille, de tout appétit, qui s'attaquent à nos cultures. Ils seraient certainement les maîtres si nous étions seuls à leur faire la guerre. D'autres, par bonheur, viennent à notre secours. Je vous raconterai plus tard l'histoire de ces précieux AUXILIAIRES de l'agriculture. Pour aujourd'hui, terminons là nos causeries sur les RAVAGEURS. Je suis loin, je le sais, d'avoir tout dit sur leur compte, des années entières n'y suffiraient pas ; mais mon but est atteint. J'ai appelé votre attention sur des ennemis très-sérieux qu'il nous importe au plus haut degré de connaître. Les réflexions d'un âge plus mûr et l'observation feront le reste.

FIN

TABLE DES MATIÈRES

286. — Abbeville, Briez, C. Paillart et Retaux, imprimeurs.

www.ingramcontent.com/pod-product-compliance
Lightning Source LLC
Chambersburg PA
CBHW051831020726
47502CB00005B/1731